Natasha Radojčić werd in Belgrado geboren als dochter van een christelijke vader en een moslimmoeder. Ze groeide op in Bosnië, waar in de jaren tachtig de etnische scheidslijnen steeds duidelijker werden. Tijdens haar studie aan de filmacademie in Belgrado werd zij wegens haar afkomst steeds vaker behandeld als een ongewenst persoon, en in 1989 ontvluchtte ze haar vaderland. Ze vestigde zich in New York, waar ze sinds die tijd woont en werkt. In 2002 debuteerde ze in de vs met de roman *Terug naar huis*, die in 2004 bij uitgeverij Wereldbibliohteek verscheen. Inmiddels is dit boek ook verschenen in Italië, Frankrijk, Duitsland, Polen, Israël, Servië en Kroatië.

Ik ben hier weg is haar tweede roman.

Natasha Radojčić

Ik ben hier weg

WERELDBIBLIOTHEEK · AMSTERDAM

Uit het Engels vertaald door Frank Lekens
De vertaler ontving voor deze vertaling een werkbeurs
van het Fonds voor de Letteren

Omslagontwerp Volken Beck

Oorspronkelijke titel *You don't have to live here*
© Omslagillustratie Pieter den Boon / Margriet van Rooij
© 2005 Natasha Radojčić
Random House is een imprint van Random House
Publishing Group, onderdeel van Random House, Inc.
© 2006 Nederlandse vertaling Frank Lekens en
Uitgeverij Wereldbibliotheek bv, Amsterdam
Spuistraat 283 · 1012 vr Amsterdam

www.wereldbibliotheek.nl

ISBN 90 284 2173 4

Voor mama,
maak je geen zorgen

Deel een

I

Wat me van mijn kindertijd nog bijstaat, begint met het beeld van mijn voet. Die is vuil en opgezwollen van de hitte. Hij wordt tegen de stoelzitting gedrukt. Een gewone stoel: vier poten en een zitting. In een doorsneewachtkamer. Het is een wachtkamer in een psychiatrische inrichting. Mijn andere voet bungelt heen en weer.

Mijn moeder zit binnen te praten met de specialist en de politieagent met de meeste strepen.

Tegenover me zit een vrouw met grijs haar. Elke keer als haar begeleider de andere kant op kijkt, smakt ze met haar lippen en vormt haar mond geluidloos de woorden: 'Help me, help me alsjeblieft.' De rimpels in haar gezicht zijn diep en vuil. Grote ogen vol angst. Ik vraag me af waar haar familie is. Dan komt er nog een verpleegkundige aangelopen, gevolgd door een vrouw met een strak knotje. Ze trekken de vrouw met het grijze haar overeind. Ze loopt struikelend mee, haar armen vastgepind achter haar rug en ze fluistert tegen me: 'Laat me niet alleen, laat me alsjeblieft niet alleen.'

Het maakt me bang, bang voor waar ze haar naartoe brengen. Maar ik weet niet hoe ik haar kan helpen.

'Wees voorzichtig,' roep ik haar na. 'Hou je haaks.'

Ik ben bijna vijftien. Ik ben weggelopen, en kinderen die weglopen moeten door de specialist worden onderzocht. De politieagent die me hierheen bracht, vroeg waarom ik was weggelopen.

'Dat weet ik niet,' zei ik. Ik wilde gewoon niet terug naar huis. Ik zat op het station, onder het heen en weer zwaaiende bord met 'spoor 8' en zag soldaten door de stoomwolken lopen met grote plunjezakken vol beloften aan ons land, Joegoslavië.

Enkele maanden tevoren bestond ik nog niet. Niks van mij bestond toen nog. Alleen mijn lange haar, de linten die ik erin droeg. Die had moeder uitgekozen. Ze waren blauw en geel. Ik zat het grootste deel van de dag op mijn kamer te lezen. Moeder kwam 's avonds thuis, plofte op het bed in onze gezamenlijke slaapkamer en klaagde over hoe zwaar het leven was, de rokerige hitte in het lokaal waar ze lesgaf, het verraad van mijn vader. Dan vluchtte ik naar de tv.

Wij hebben nog een zwart-wit-tv, een schande. Wij zijn de armste leden van onze familie. Maar de armoede houdt moeder niet tegen. Ze koopt een oude piano. Voor haar dochter, zegt ze. Voor haar kleine meid. De piano maakt deel uit van de ambities die ze voor mij koestert. Ik moet later iets voorstellen. Een dame worden. Ik verafschuw de piano en verf hem wit met goedkope muurverf. De dunne verf loopt in grijszwarte strepen over het hout, hoopt zich op in de naden en verzwelgt een onfortuinlijke vlieg.

'Wat heb je nou gedaan?' zegt moeder, en ze wijst naar de trage, in doodsnood klapperende vleugeltjes.

'Ik wou een witte piano.'

'Maar kijk nou toch! Dit is toch geen gezicht.'

'Weet ik,' zeg ik.

. . .

Ik heb moeder nooit echt begrepen. Zelfs jaren later, na haar dood, mijn huwelijk, mijn scheiding. De naïeve wijze waarop ze het leven tegemoet trad. Haar koppige drang om mij te beschaven. Misschien was ze gevormd, getekend door de buitengewone armoede waarin ze zelf was opgegroeid. Haar schoolcijfers waren middelmatig. Ze had niks, alleen haar schoonheid, die bleke, kille perfectie. Mannen vielen daar als een blok voor. Na haar scheiding kwamen er weer mannen langs, azend op een teken dat ze mochten blijven. Het kleinste gebaar had voor hen volstaan. Maar dat gebaar maakte ze nooit.

. . .

De dag voordat ik wegliep, had ik die arme Jana, het lelijkste meisje van de hele school, in elkaar geslagen. Ik werd razend van de gelaten manier waarop ze zich neerlegde bij haar lompe lijf, die doffe blik in haar lijdzame slachtbankogen. Al op haar veertiende berustte ze erin. Ik stompte haar, trok aan haar haren en spuwde. De andere kinderen gingen in een kring om me heen staan schreeuwen dat ik gek was. Moeder werd op het matje geroepen. Vader ook, maar die kwam niet. Ik was het enige kind van wie de vader nooit kwam. Het schoolhoofd zei dat ze ook niet wist waarom iedereen mij een gek noemde, maar dat het al erg genoeg was dat anderen, kinderen met goede manieren en fatsoenlijke vaders, zo over mij dachten.

'U moet weten,' fluisterde ze op samenzweerderige toon in mijn moeders welgevormde oor, 'dat ze een verhaal heeft geschreven over de duivel en engelen, met vleugels en ketenen en de hemel. En in het hoofd van een goed communistisch kind is voor zoiets geen plaats. Absoluut geen plaats. U moet daar echt iets aan doen. Want anders...'

'Toe nou,' smeekte ik mijn moeder na dat gesprek. 'Ik wil schrijver worden.'

'Kies iets voornaams, niet zo'n vaag beroep. Je moet arts worden, of advocaat. Een rijke echtgenote,' droeg ze me op.

Voornaam zou ik nooit kunnen worden, maar haar teleurstellen wilde ik ook niet. Dus besloot ik te verdwijnen.

Ik liep weg.

En sliep op een bank. De stationswachter zag me daar liggen en vroeg hoe oud ik was.

'Bijna vijftien,' zei ik en hij geloofde me niet.

'Zo groot, zo stevig en goedgevuld,' zei hij. Ik voelde zijn vochtige adem. 'Jij bent minstens achttien.'

'Vijftien,' zei ik en ik staarde naar het vuil onder zijn nagels. Dat irriteerde hem.

Toen verscheen de politieagent, en die vroeg: 'Waarom zit je niet op school? Waar zijn je boeken, je ouders? En waar woon je in hemelsnaam?' Hij pakte me bij mijn arm en bracht me naar zijn auto.

We liepen langs de stationswachter, die riep: 'Achttien.'

. . .

Toen wist ik al hoe ik ze kon prikkelen, de mannen. Een klein meisje. Een meisje dat verdwaald is. Ik zie dat beeld scherp voor me. Dat jonge lijf, licht vooroverhellend, starend naar de vloer. De ogen nederig, altijd naar de vloer gericht, maar die toch een signaal afgaven. Daar kwamen ze op af: de stationswachter, de politieagent. Komen ze nog steeds op af. Halsoverkop.

Zelfs tóén slaagde ik daar al beter in dan de meeste andere vrouwen. Beter zelfs dan mijn moeder. Ik heb nooit mijn toevlucht gezocht in crèmes, kleding of intriges. Ik deed nooit mijn best om mooi te zijn. Ik deed er nooit moeite voor. Ik had gewoon dorst. Die dorst was er altijd al. Lang voordat ik stopte met de drank en de heroïne, lang voordat ik er zelfs maar aan begonnen was. De dorst zette zich in mij vast, veranderde me. Ik wérd die dorst en mannen wisten dat. Zelfs nu, terwijl ik dit schrijf, voel ik die dorst.

. . .

Thuisgebracht in een politieauto, zodat alle buren het zagen.

'Schande,' riep moeder. 'Schande. Zoiets is nog nooit gebeurd.'

In de buurt was ooit een klein meisje aangetroffen dat rondliep in haar ondergoed. Haar familie, een soort oorlogsvluchtelingen, woonde illegaal in de kelder van ons gebouw. Die dag kwam moeder lijkbleek thuis. Ze zei dat ze zichzelf van kant zou maken als ooit het ondergoed van iemand in onze familie door zo'n schande zou worden getroffen. Iemand had iets met dat meisje uitgevreten, zei oom.

'Zo zijn wij niet,' sprak oma troostend. 'Wij zijn geen vee. Wij staan op dinsdag niet in de rij als de slager een uur lang vlees voor de halve prijs verkoopt, wij voeden onze kinderen niet met goedkope rijst en kleine stukjes kalfshart en kippendarmen. Zo zijn wij niet. Wij eten. Wij eten zoveel we willen. Grote lappen verse biefstuk, hompen rookvlees, vleespasteien vol rundergehakt en kaas. Dat hebben we verdiend. Daarvoor hebben we tegen de nazi's gevochten. Wij zijn hard en trots.'

Negen gezonde kinderen bracht oma ter wereld, waarvan zes jongens. Ze verloor haar echtgenoot in de Tweede Wereldoorlog. Nog voordat ze haar jongste in haar buik voelde schoppen, zei ze. En met twee kinderen die nog niet konden lopen. Zij was onze grote steun en toeverlaat, tot ze door de ouderdom weer kinds werd. Nu zit ze het grootste deel van de tijd in de bergen in West-Bosnië en draagt ze luiers.

Moeder en ik wonen alleen. Een maand voor mijn geboorte vertrok moeder uit vaders liefdesnestje. Van die zolderetage, het enige wat vader kon betalen, ging ze terug naar het appartement van oma. Nu wonen we om de hoek van de zigeunerkolonie. Die kolonie is een product van Tito's ideeën over de 'broederschap en eenheid' van de verschillende volkeren in ons land, inclusief de mensen met een donkere huidskleur. Zigeuners die werk hebben, mogen nu in kleine bordkartonnen krotten wonen, bouwseltjes van planken en modder. Zolang ze als schoonmaker op het treinstation werken, kunnen ze zich een dak boven het hoofd veroorloven.

Mensen komen bij ons op bezoek. We zijn respectabel, een bezoek waardig. Er wordt op de deur geklopt. Salaam aleikum als het moslims zijn, gewoon goeiedag als God geen rol speelt. Schoenen blijven buiten staan. We zijn communist, maar binnenshuis de schoenen uit, dat is in moslimhuishoudens een ongeschreven regel die zelfs de revolutie niet kan uitwissen. Er wordt koffie gemalen, water gekookt, benen worden in kleermakerszit onder het lichaam gevouwen.

Als klein kind zit ik alleen te luisteren. Er wordt geklaagd

over het dansen van die goddeloze zigeuners, over de gevaarlijke handel in het vlees van jonge meisjes, en dat gemeente en
politie daar niks aan doen. Er wordt gepraat over oorlog. Over
heldenmoed en verwondingen. Oom trekt zijn broekspijp omhoog en laat zes gaatjes zien. Drie dumdumkogels. Ik kus de
wonden. Dat moet.

. . .

In de wachtkamer van de specialist hangen vreemde foto's aan
de muur van kinderen met hun ouders. Ze doen alledaagse dingen. Praten en lachen. Ongelooflijk, die stralende lach op hun
gezicht. Ik vraag me af waar ze zo om lachen.

Het Socialistisch Gebouw voor Geestesziekten is nieuw,
maar de politici stelen altijd beton en zand voor hun familie en
hun minnaressen. De vloer hangt al scheef en de stoel van de
secretaresse glijdt steeds weg.

De specialist ziet er indrukwekkend uit in zijn dure blauwe
pak. Hij wil eerst met moeder spreken. Ik wil graag horen wat
hij over mijn gebreken te melden heeft. Iedereen heeft er zo
zijn idee over, maar van hem verwacht ik de beste theorie. Ik
stel me een hele reeks diagnoses voor. Ik eet te veel, slaap te
weinig. Ik doe mijn best niet op school. Ik val flauw op de verdieping van de onderburen om maar niet terug naar huis te
hoeven.

De oudste zus van moeder, tante Dika, zegt: 'Die kleine heks
werd wakker, keek tussen haar benen en besefte dat ze daar een
gleuf heeft die gevuld moet worden. En toen ging ze uit haar
bol. Huwelijk haar maar snel uit.'

Even gracieus en afstandelijk als altijd komt moeder naar buiten gezeild. Mijn prachtige moeder, die ik altijd wil kussen. Ze
heeft die uitdrukking op haar gezicht die ze altijd bewaart voor
mensen boven wie ze zich verheven voelt: de slager, de werk-
ster, de talrijke mannen die haar bezoeken. De specialist loopt
achter haar aan. Hij kijkt als een jongetje dat betrapt is bij het
eerste kattenkwaad dat hij ooit heeft uitgehaald. Dat dure kos-

tuum is nu weggegooid geld. Wat zijn theorieën ook waren, ze zijn verworpen. Moeder komt bij me staan.

'We gaan,' zegt ze. 'Oom komt eten.'

. . .

Oom is ingenieur. De beste van zijn klas. Moeder is lerares. Broer en zus zijn allebei blond, en dol op elkaar. Ik lijk op mijn donkere vader met zijn zigeunerbloed, over wie ik nooit mag praten. Oom is met zijn oudste zoon gekomen. Neeflief heeft blauwe ogen en blond haar. Alles wat hij doet is perfect. Moeder bewondert zijn sportieve lichaam, de symmetrie van zijn spierbundels. Ze noemt hem 'zoon'. Hij wurmt zijn vingers tussen mijn benen terwijl oom mijn moeder complimenteert met haar kookkunst.

. . .

Het is donker. In de verte klinkt een politiesirene en ik ben bang dat mijn neef, die eindelijk in slaap is gevallen, daarvan wakker schrikt.

'Hij moet maar weer bij jou op de kamer slapen,' zegt moeder. 'Ook al moet hij dan op de vloer slapen. Hij heeft zo'n goede invloed.' Moeder en haar lievelingsbroer zijn blij dat hun kinderen zo goed met elkaar kunnen opschieten.

Ik ben bang dat hij weer op me klimt en me pijn doet tussen mijn benen, zoals altijd als we bij elkaar op de kamer slapen, dus blijf ik wakker. Als hij zich omdraait en wakker lijkt te worden, ga ik snel naar de wc en blijf daar zo lang mogelijk zitten.

Overal op de vloer liggen tekeningen van me. Ik wou dat er iets scherpers dan een potlood lag om hem pijn mee te doen. Hij snurkt zachtjes. Zijn blonde krullen liggen als jonge bladeren over zijn mooie gezicht. Hij is bijna net zo knap als moeder. Daardoor kan hij alles flikken. Ik wou dat hij geen familie was. Ik wou dat een mooie jongen zoals hij, de lieveling van iedereen, echt in mij geïnteresseerd was, niet alleen 's nachts.

Dan zou ik kunnen opscheppen over zijn liefde voor mij. Dan zou ik kunnen genieten van wat hij met me doet.

Ik wil mijn geld tellen. Ik ben al twee jaar aan het sparen. Maar ik ben bang dat hij dan wakker wordt en het inpikt. De ochtend breekt aan, treinen denderen de stad binnen, met schoonmaaksters, brood, vlees, melk en kaas voor op de markt, manden vol aardappelen. Ik hoop dat we lekker uitgebreid gaan ontbijten, eieren met spek. We eten allemaal spek. Zelfs oma. We hebben tegen haar gelogen en gezegd dat het gebakken kippenvel was, en ze smulde ervan, ze zei dat ze nog nooit zulk lekker gebakken kippenvel had gegeten. We wisten dat ze niet meer zo kien was, dat ze ons wel zou geloven, maar we wisten ook dat wie een moslim, gelovig of niet, voor de gek houdt en die vuile *domuz* laat eten, naar de hel gaat op de Dag des Oordeels, als Allah de doden doet herrijzen en eenieder beoordeelt naar zijn daden.

2

Ik dacht dat moeder me zou slaan omdat ik was weggelopen. Ze had me wel vaker geslagen; een paar keer met een riem, maar meestal zat ze rond de eettafel achter me aan met een slipper of een klomp. Eén keer sloeg ze me harder dan ze vond dat ik verdiend had. Toen kwam ze 's avonds bij mijn bed zitten om mijn haar te borstelen en in vlechten te leggen, iets wat ze in geen jaren had gedaan.

Maar ditmaal niets. Ze keek me even aan zonder iets te zeggen, waarna ze zich van me afwendde, haar kussens pakte, en de spulletjes die bij haar bed stonden – de zwart-witfoto van een manhaftige opa, een fles Franse damescognac bedekt met kaarsvetdruipsels, een bronzen beeldje van een moederkloek die een nest eieren uitbroedt, de zomersprei, de dunne deken – en daarmee zwijgend naar de woonkamer liep.

Ik zat rechtop op bed en bleef de hele nacht zo zitten. 's Ochtends klopte ze tweemaal op mijn deur. Dat werd ons nieuwe signaal: tijd om naar buiten te komen en mee te doen met de normale mensen.

Het is zondag. Ik spijbel van balletles. Mijn lerares, de negentigjarige Russische ballerina Madame Voronec, is blind. Zodra haar secretaresse de presentielijst heeft afgewerkt, sluipt de hele klas het lokaal uit. 'Demi, demi, grand, grand,' commandeert ze tegen het lege lokaal. De pianist, meneer Korišnik, blijft zitten en speelt jazz, dat doet hij uitstekend. Hij heeft een oogje op de secretaresse. Die heeft lange benen en zit als een dame.

Ik ren naar de zwarte markt om mijn Duitse marken te wisselen voor dollars. Makkelijk zat. Niemand wil hier dollars hebben. Met de dertig van vandaag erbij heb ik er nu 965 in totaal. Niemand weet het nog, maar ik ga naar Amerika.

Ik doe al een tijdje zaken met de zigeunervrouw aan het eind van de markt. Ze loert altijd wantrouwig naar mijn donkere huid en mijn schone kleren. Dat vloekt met elkaar.

Haar sjaal met rood-groene franje is duidelijk te onderscheiden in de menigte aan de andere kant van de markt. Haar koopwaar ligt uitgestald op de motorkap van een oude Volkswagen. Ik vraag me af wie er in godsnaam iets van die rommel koopt: aan elkaar klevende snoepjes, kromme rolletjes plakband, vreemde pennen; maar haar fazanten en konijnen zijn jong en mals.

Ze heeft ook een klok te koop.

Hij is prachtig. Ze roemt het Venetiaans glas en degelijk mahoniehout. Goedkoop. Twee koperen engeltjes met handgemaakte vleugeltjes wiegen heen en weer op het ritme van de verstrijkende tijd. Moeder zou het schitterend vinden. Haar ogen beginnen altijd te glimmen als ze mooie dingen ziet.

'Hoeveel?' vraag ik.

'Vijftig.'

'Kom je ons vandaag bestelen?'

'Vijftig,' zegt ze nog een keer.

'Vergeet het maar.'

'Echt antiek. Van een gravin geweest. We waren vriendinnen vroeger, in de hoogtijdagen van de adel. Ze heeft hem aan mij gegeven voordat ze de rivier overstak en vluchtte.'

'Ik kom alleen dollars omwisselen.'

'Ben jij er een van ons?' vraagt ze terwijl ze het geld aanneemt.

Ik geef geen antwoord.

'Je bent donker,' zegt ze.

'Nou en?'

'Heb je deze marken gestolen?' vraagt ze.

'Heb jij die klok gestolen?'

'Hij is echt van een gravin geweest.'

'Dat geloof ik vast,' zeg ik.
'Net zoals je gelooft dat je geen druppel zigeunerbloed in je aderen hebt?'

Vader is deels zigeuner, deels Oostenrijks, deels Servisch. Van hem heb ik mijn donkere ogen, chocoladebruin haar, een huid die makkelijk bruin wordt in de zon, en mijn liefde voor talen en harmonieuze vormen. Mijn tantes zeggen dat ik ook zijn grote mond heb geërfd, vol mooie praatjes en beloften waar nooit iets van terechtkomt.

Mijn vader had best een goede vader kunnen zijn, denk ik, als hij niet behept was geweest met een zwak karakter en een uitgesproken talent voor het nemen van verkeerde beslissingen. Toen hij moeder leerde kennen, was hij al een paar maal getrouwd geweest. Nadat moeder hem had verlaten, trouwde hij nog eenmaal en verwekte nog een ander kind, waarna hij uiteindelijk koos voor het vrijgezellenbestaan dat hem op het lijf was geschreven.

Mijn vaders vader was een halfbloed zigeuner met rood haar. Hij was ook berucht om zijn gewelddadige karakter, een man die midden in de nacht met een wagen en drie paarden dwars door een gesloten poort stormde. Er gingen geruchten dat grootvader een heleboel mensen had omgebracht en begraven in de waterput op zijn land. Jaren later was in die put onder onopgehelderde omstandigheden een tonnetje buskruit ontploft, zodat alle bewijzen waren vernietigd.

Grootvader was als kind van zeven van huis weggelopen toen zijn moeder, een zigeunerin, trouwde met een man van zestig. Een dag na de bruiloft zette de nieuwe echtgenoot een mes op grootvaders keel en zei: 'Nu ben ik hier de baas.' Grootvader had toen een pond kaas, een pond brood en een lamsbout in een zadeltas gestopt die hij van zijn nieuwe vader had gestolen, en driehonderd kilometer over de bevroren steppe gelopen tot hij bij een cavaleriekamp kwam, waar hij als stalknecht ging werken.

De moeder van mijn vader, Marta, was een vroom meisje, het enige kind van een rijke Oostenrijkse immigrant, vlak voor

Kerstmis in het holst van de nacht geboren met een horrel-voet. Ze had nooit enige blijk gegeven van waanzin of passie, tot die ene dag dat ze uit de kerk kwam, met haar slechte been door de modder naar huis hobbelde en zag hoe een jonge donkere knul, met een vreemde, oranjerode haardos, bezig was een merrie te trainen. Grootmoeder werd diep geraakt door de gehoorzame wijze waarop de merrie, nog voordat ze een halster om had, haar lange nek boog voor de met rossig dons beklede arm van mijn grootvader. Dat tafereel trok haar onweerstaanbaar aan. En met dezelfde onderworpenheid als dat paard viel ze als een blok voor de scherpe geur van zijn mannelijke tors, en wilde van geen andere vrijer meer weten. Kort daarna zijn ze getrouwd. Zo werd grootvader een rijk man.

Het huwelijk van mijn ouders was even onwaarschijnlijk als kortstondig. Praktisch het enige wat ze gemeen hadden, was dat ze een totaal verkeerd beeld van elkaar hadden. Toen ze el-kaar leerden kennen, studeerde mijn onweerstaanbaar char-mante vader klassieke talen, nadat eerdere studies medicijnen en rechten op niets waren uitgelopen. Hij had ook een kin-derloze relatie met de kleine, dikke, bijziende collega die zijn artikelen voor hem uittikte. Ondertussen was moeder ook al woedend op haar toekomstige ex omdat hij dure juwelen gaf aan een vage volkszangeres met grote borsten en geen talent.

De romance van mijn ouders was een typisch Oost-Euro-pees melodrama, met net genoeg waanzin en intensiteit om al-le herinneringen aan hun nederige boerenafkomst en de daar-mee gepaard gaande lompheid tijdelijk uit te wissen. Moeder was verblind door vaders verhalen over de verfijnde rococo-architectuur in Parijs, die hij nooit had gezien maar waarover hij heel indrukwekkend kon vertellen, en over de ingewikkel-de onderlinge relaties van de feilbare, antropomorfe goden op de Olympus.

Jaren later, toen moeder al dood was, liep ik met vader door een hoerenbuurt in İstanbul. In de raamopening van een schitterend opzichtig bordeel, met zware paarse gordijnen en stemmige verlichting, stonden vier prostituees die hem herkenden en zijn naam riepen. 'Bora, salaam.' Ze waren blij om hem te zien. Hij bleef staan en zwaaide. Ze renden alle vier de trap af om ons te spreken. Een van hen lachte aanstellerig en fluisterde iets in zijn oor. Vader drukte me tegen zich aan en zei trots: 'Mijn dochter. Alexandra. Sasja.'

'Mooi, mooie meid,' zei ze, en gaf me een zoen op mijn wang.

Het waren niet de verleidelijke verhalen over de wedijver tussen Zeus en Poseidon, de schoonheid en intelligentie van Apollo en de gevoelige inborst van de trouwe Orpheus, waarmee hij moeders hart veroverde. Het waren de openheid en passie die vader tegenover iedereen uitstraalde, waardoor ze zich in zijn gezelschap een koningin voelde.

Met haar kille, gelijkmatige schoonheid was moeder geen partij voor vaders leugens. Ze stond op een voetstuk, boven ons allemaal verheven door haar schoonheid, maar dat maakte haar ook argeloos en naïef. Ze dacht dat hun zolderwoning vaders eigendom was, een klein onderdeel slechts van een flinke erfenis; ze dacht dat de kreupele vrouw die zwijgend bij het raam zat zijn tante was, die over een maand zou terugkeren naar haar familie. Dat was ook beter voor haar, zei hij, want die familie was nog veel rijker.

Vier maanden nadat ze elkaar hadden leren kennen, en een maand na hun trouwdag, was moeder in verwachting, en ze bleef nog zeven maanden in de leugens van vader geloven, tot zich op een dag een man in een grijze regenjas aandiende die zei dat hij de huisbaas was, en dat hij hen op straat zou zetten, die rotzak die de huur niet betaalde, zijn achterlijke moeder, en wie jij verder ook moge wezen, juffie, in ieder geval een dwaas, want wie wil nou een kind van zo'n oplichter?

Toen was de waarheid tot haar doorgedrongen: veel praatjes, maar geen rooie cent. Moeder huilde uit op de schoot van haar schoonmoeder – 'stil maar, mooie meid'. Ze waren vriendinnen geworden. Toen ze uitgehuild was, pakte ze de vijf katoenen luiers die ze had, een dekentje dat mijn lievelingsdeken zou worden, en wat snuisterijen die ze als huwelijksgeschenk had gekregen. En ze vertrok. Tweeëndertig dagen later werd ik geboren. En zevenentwintig dagen na mijn eerste verjaardag waren vader en moeder officieel gescheiden.

3

In de kurkdroge Oost-Europese zomer van '81 met zijn uitgedroogde rivieroevers, waar het wemelt van de muggen, vormen verpieterde gewassen de voorbode van een magere oogst. Maar moeder en ik worden voor schaarste behoed door haar broer, de eerstgeborene, die het ver heeft geschopt. Oom Malik is tot ambassadeur in Cuba benoemd en heeft ook voor ons vliegtickets gekocht.

Malik is een geslaagd man, de trots van onze familie. Tito, de president van onze moedige en rechtschapen natie, heeft hem zelf op die post benoemd, en hem bovendien geëerd met een gouden speld. Fidel Castro heeft hem gecomplimenteerd met zijn Spaans, en zijn foto heeft in een vooraanstaande Cubaanse krant gestaan.

'Neem die wildebras van een meid ook maar mee,' adviseren de tantes. 'Het zal haar goed doen om in het huis te wonen van een gewichtig, respectabel man.' Zo word ik weggestuurd met één enkele koffer vol lelijke, zedige jurkjes die me op het rechte pad moeten houden.

Ik mis de droogte van Europa. In Cuba voelt het alsof je onder water ademt. Bij aankomst plakken onze kleren meteen aan ons lijf, dat ook zo groot en wit lijkt tussen al die kleine bruine mensen die ons op het asfalt staan op te wachten. Oom staat als een Gulliver in hun midden. Hij lijkt blij om moeder te zien en nog blijer als hij de mooie, bleke meisjes ziet van het koor dat Joegoslavië vertegenwoordigt op het Internationaal Jeugdfestival. Oom is een liefhebber van mooie vrouwen en vergaapt zich aan de bewegingen van hun lange ledematen in de beukende zon.

'Geef je koffer maar aan mij,' zegt hij tegen een van hen, het meisje waarvan moeder al tijdens de vlucht had gezegd dat ze ordinair is. De chauffeur neemt onze bagage aan.

Cuba kent geen seizoenen. Zo dicht bij de evenaar is er geen afwisseling: een afmattende hitte in de ochtend, dan een regenachtige middag, gevolgd door de avondhitte. De voortdurende vochtigheid tast mijn huid en mijn haar aan. Allebei worden ze dikker, zwaarder. Ik knip mijn T-shirts open, knip van één broek de pijpen af tot ver boven de knie. De truttige jurkjes blijven in de koffer.

De eerste paar doodsaaie ochtenden voetbal ik met het hulpje van de kok, een man van rond de veertig die toestaat dat ik de zachte bal tussen zijn benen door speel en van hem win. Goed voor zijn carrière, hoopt hij; hij aast op het baantje van de chauffeur, die binnenkort met pensioen gaat. Verstandig om alvast een wit voetje te halen bij de ambassadeur. Chauffeurs hebben de beschikking over benzinebonnen. En net als thuis draait ook in Cuba alles om benzine.

Na een maand begin ik me thuis te voelen. De keuken is mijn toevluchtsoord. Ik hou van het gekletter van borden, borrelende pannen, het schrille gekwebbel van de papegaaien. Hun boze gekrijs telkens wanneer de hete ovendeuren opengaan en de loeihete stoom hun kooi in walmt.

Lupe, de kokkin, geeft me boterhammen met kaas. Brengt de tuinman aan het lachen. Ik weet niet hoe hij heet. Hij is chocoladebruin en gaat nooit zitten als ik in de buurt ben, kijkt me nooit aan.

Moeder houdt zich verre van de keuken, ze zegt dat ze trek krijgt van deze oerwoudhitte, en dat is slecht voor de lijn. Tante Ludmila vindt het niet gepast om zoveel tijd door brengen met het personeel. Dat is ordinair, zegt ze. Ze is hier helemaal opgebloeid. Hier is onze moslimnaam geen schandvlek; in dit land is je huidskleur allesbepalend. Wij zijn blank en dus beter dan anderen. Hier is tante Ludmila's bleke teint onbetaalbaar.

Thuis werd die vale, fletse huid van haar vaak in verband gebracht met de geestelijke gesteldheid van mijn nicht Juma. Juma werd geboren met een groot gapend gat in haar maag; een buik die open stond voor de wereld. Volgens tante Ludmila was ze een wonder, een dierbaar wonder dat gekoesterd moest worden. Juma werd verborgen gehouden voor de buitenwereld. In haar donkere kamer las ze de *Encyclopaedia Britannica* en onthield alle feitjes over mooie actrices. Als ze 's avonds met de familie mee mocht eten, vertelde ze daarover in geuren en kleuren. Haar favoriet was Harlean Carpenter, op 3 maart 1911 geboren in Kansas City, dat helemaal niet in Kansas ligt. Juma vertelde ons dat de jonge Harlean, heilig overtuigd dat ze een grote ster zou worden, de achternaam van haar moeder aannam en zichzelf omdoopte tot Jean Harlow. In 1932 werd Hollywood opgeschrikt door de jammerlijke dood van haar echtgenoot, Paul Bern. Er gingen geruchten over zelfmoord. Over buitenechtelijke affaires. Een jonge minnaar. Jean Harlow mat 5 voet en 3 inch, 36-26-36, en woog 108 pond, zei Juma. We hadden geen idee wat voeten en inches waren of hoeveel van die Engelse ponden er in onze kilo's gingen. Maar ik nam aan dat het wel iets prachtigs moest betekenen als het inhield dat die fraaie juffrouw Harlow op gelijke voet stond met Ava, de ravenzwarte feeks met de groene ogen die met Frank Sinatra was getrouwd; en met Rita Hayworth die, zoals Juma ons vertelde, eigenlijk een Mexicaanse was; en natuurlijk de Franse stoeipoes, *petite* Brigitte, net zo verzot op dieren als op het opensnijden van haar polsen.

· · ·

Ik zie oom bijna nooit. Hij zit de hele tijd in de haven. De schepen onder Joegoslavische vlag voeren speciale ladingen uit Rusland aan, spullen die het communisme in het Caribisch gebied op de been houden, zegt hij. Het is een eer.

Tijdens de stortbuien in de middag ga ik zwemmen in het ovale zwembad. Als het begint te onweren roept moeder me naar binnen. Ze is bang voor de bliksem. Bang dat ik geëlektrocuteerd wordt. Dat is me al eens overkomen; een broodrooster dat me deed klappertanden. De bliksem, dat zijn miljoenen broodroosters tegelijk, zegt moeder. Ik doe alsof ik haar niet hoor, maar als de donderslagen haar te luid worden, zit het hek naar het zwembad ineens op slot. Dan breng ik mijn tijd door in de reusachtige gangen op de twee verdiepingen van ons prachtige landhuis, met zijn achthoekige balzaal en eindeloze trappen. De oorspronkelijke bewoners van dit huis moeten schatrijk zijn geweest. En vroom, want het is vlak bij de kerk gebouwd. Vanuit mijn raam kan ik de torenspits zien. Aan de andere kant liggen de suikerrietvelden. Die worden bewaakt door het leger.

Ik zoek naar sporen, aanwijzingen. Wie was de echtgenoot, vraag ik me af. Was zijn vrouw lief en zachtmoedig? Wat voor kleur hadden hun kinderen? Leerden ze al vroeg lopen? Of waren ze net zo uit de kluiten gewassen als ik en konden ze pas heel laat lopen, toen de arme beentjes eindelijk sterk genoeg waren om het gewicht van het lichaam te torsen, wat mijn moeder enorme zorgen had gebaard? Van welke geheimen was dit beschimmelde tropische beton getuige geweest? Affaires? Schatten? Ik vond niks.

Midden in de keuken zit een luik in het plafond. Ik vraag Lupe wat daarboven is. Ze kijkt me met haar mooie bruine ogen scherp aan en zegt kortaf: '*Nada.*' Dan gaat ze weer verder met het plukken van de dode kip die ze in kokend water heeft laten weken. Ze rukt de veren eruit, de gebroken nek bungelt over de rand van de keukentafel. Dat geweld verrast me. Een paar dagen eerder had ik nog gezien hoe Lupe de zieke papegaai Kotorita met de hand voerde. Met een theedoek had ze de snavel, ogen en pootjes van het dier schoongeveegd. Zelfs tegen Juma is Lupe aardig. Als tante Ludmila even niet oplet, maakt Lupe voor Juma een boterham besmeerd met het gele vet van de ham. Dat is haar lievelingsgerecht, en ze noemt Lupe dan ook Lupita, wat klein en lief betekent.

Tijdens de siësta haal ik stiekem de ladder uit de bezemkast. Oom ligt te snurken in de schaduw van het strandhuisje. De Cubaanse rum stijgt hem veel sneller naar het hoofd dan Bosnische pruimenbrandewijn. Het gepiep van het zolderluik dat ik omhoogduw wordt overstemd door het geraas van de regen tegen het raam. Eerst zie ik niks. Een voorraadkamer van verkleurd triplex met zakken meel, bonen, rijst en flessen olie. Het rookvlees dat moeder en ik het land uit hadden gesmokkeld, hangt aan de muur. We hadden vijf schapenbouten meegenomen. Eentje hebben we al opgegeten. Er hangen er nog maar drie. De meeste Cubanen kunnen vlees niet betalen, ik kan me goed voorstellen dat ze het stelen.

Er zijn twee kleine raampjes. De regendruppels ketsen van de stevige bladeren af, die nauwelijks bewegen. Een of andere oerwoudvogel krijst en vliegt weg door de stortregen. Thuis kon ik vanuit mijn slaapkamerraam één enkele populier zien, ontbladerd door de ijskoude oostenwind. En achter die populier, ver weg, achter de vieze vrachttreinen die steenkool uit Hongarije aanvoerden, de vuilzwarte Donau die zich door het landschap slingerde.

Op het venster zit een grote vlek. Ik hoef hem niet nader te bestuderen om te weten dat het bloed is. Ik heb ooit eens gezien hoe een venster rood kleurde met het bloed van een konijn dat werd onthoofd. De beul, mijn oma, brulde dat het mes niet scherp genoeg was om de ader in één keer door te snijden. De vlekken op dit venster hebben dezelfde kleur. Maar op een of andere manier weet ik dat dit bloed niet uit de hals van een konijn komt.

Ik klim stilletjes naar beneden, waar Lupe me met een bezorgd gezicht opwacht. Zij weet van wie dat bloed afkomstig is.

'*No se preocupe*,' zeg ik, en ik reik haar mijn hand. '*Silencio.*'

Voor het avondeten inspecteer ik de muren in de woonkamer. De communisten hebben alle portretten vernietigd. De wanden zijn diverse malen overgeschilderd, maar je kunt nog steeds zien waar ze generaties lang hebben gehangen. Als we aan tafel zitten, onder de kroonluchter die groter is dan mijn oude kinderbed, vraag ik mijn oom wie er vóór de revolutie in het huis woonde.

'De verdomde kapitalistische bourgeoisie,' gromt hij. 'Uitbuiters. De lui die de armen meer afpakten dan ze nodig hadden, veel meer dan ze nodig hadden.'

In welk opzicht verschillen wij van hen, vraag ik me af. Maar ik ben verstandig genoeg om dat niet hardop te zeggen.

. . .

Ik hoef nog niet meteen naar school. Tot mijn opluchting. Ik begrijp geen woord van wat er gezegd wordt en zelfs de grootste jongens zijn kleiner dan ik. Volgende maand moet ik naar de Engelse school, waarschuwt moeder, waar wiskunde, rechten en natuurkunde een stuk moeilijker zijn. Ze heeft grootse plannen voor mijn toekomst. Cuba is een buitenkansje, zegt ze. Het zal veel deuren voor mij openen.

De ambassade geeft een groot banket waar zelfs Fidel wordt verwacht. Drie dagen lang is heel het huishouden in rep en roer door de voorbereidingen. Speciale strijdkrachten met zware machinegeweren doorzoeken alle hoeken van het huis. Een van hen probeert een kijkje te nemen als ik aan het zwemmen ben. Onze cockerspaniël keft hem terug. Ze heeft een bloedhekel aan uniformen.

Lupe en haar speciaal voor het banket ingehuurde hulpje worden flink achter de vodden gezeten door tante Ludmila. Haar hand fladdert tegen haar rood aangelopen hals, zoals altijd wanneer ze zenuwachtig is, en bij het proeven van een door Lupe gemaakte saus slaakt ze een gil.

'Rampzalig, rampzalig,' schreeuwt ze. 'Je kunt ook niet verwachten dat ze iets van de Europese keuken begrijpt, zo'n Cubaanse meid.'

'Sorry, *señora*.' Lupe kijkt beschaamd naar de vloer.

Ik ben kwaad. Ik zou tante Ludmila wel willen vastpakken, een ruk geven aan dat kapsel met zijn mislukte kleurspoeling en roepen: 'Europees? Jij moest als kind op je blote voeten achter de weggelopen koeien aan, met je mond zoog je het bijengif uit je voetzolen. Laat Lupe met rust.' Maar daar ben ik te laf voor en ik laat het bij een troostende blik naar Lupe.

Een jongetje dat de manden met groente en wijn naar binnen moet dragen, staat zich te vergapen aan de reusachtige Weense taart. Zoiets heeft hij nog nooit gezien, zegt hij. Cubanen krijgen bonnen voor meel in hun *liberta*, hun rant-soenboekje. In deze taart zitten vijftig eieren, drie pond suiker en drie pond boter. Er is maar weinig meel over in de zak die een gemiddelde Cubaanse familie per maand krijgt toebedeeld.

'Scheer je weg, kleine imbeciel,' buldert tante Ludmila.

Lupe en ik kijken elkaar aan. Ludmila mag soms dom en traag van begrip zijn, gemeen is ze meestal niet. In ieder geval niet in het bijzijn van vreemden. Ze is vast bang dat nicht Juma weet te ontsnappen aan de aandacht van de vrouw die is ingehuurd om haar op haar kamer te houden, een soort verpleegster. Bang dat ze straks haar verhalen over beroemde actrices gaat ophangen en ons land te schande maakt. Of dat Fidel Castro, die bekend staat om zijn zwak voor roodharigen, valt voor moeder, die veel mooier is dan die legendarische Hollywood-sterren, en dat ze een internationaal schandaal veroorzaakt. Van Juma weet ik dat de formidabele Rita Hayworth eigenlijk heel klein was en te veel dronk. Moeder is lang en ik heb haar nog nooit dronken gezien.

Dagenlang kreeg ze op haar kamer discreet bezoek van kleermaaksters die haar ranke taille, haar gracieuze schouders en volmaakte benen opmaten. Met scherpe naalden hebben hun vaardige handen de stof omgetoverd tot een ideale omlijsting van moeders schoonheid.

'Wat is het personeel hier toch goedkoop en zorgvuldig,' zegt moeder. Ze is de dochter van een vrouw die niet kon lezen of schrijven, ze is geboren in een huis zonder stromend water, maar haar nieuwbakken voornaamheid zit haar als gegoten, als stamde ze uit een eeuwenoud patriciërsgeslacht.

De jurk is verbluffend. Moeder is oogverblindend mooi. Ik wil haar kussen zoals de mannen haar vroeger kusten, en vergeten hoe lelijk ik zelf ben. Ze schittert in de groene jurk, haar lichtrode haar opgestoken met de diamanten speld die wij, de meelevende en rechtschapen bezoekers uit een communistisch zusterland, van arme Cubanen op straat hebben gekocht met verboden West-Europese munt.

Benya de chauffeur moet tijdens de eerste uren van het banket, tot het mijn bedtijd is, met mij naar een ijssalon en de bioscoop gaan. Moeder wil dat Juma ook meegaat. Ze zegt dat het haar goed zal doen om eens iets te ondernemen, eens naar buiten te gaan, al is het maar met de verpleegster erbij. Dan klinkt van boven in het huis ineens rumoer. Juma, die de hele dag al onrustig was, loopt naakt door de gang. De soldaten slaan beleefd de ogen neer, maar gluren vanuit hun ooghoeken en hebben moeite om niet te gaan lachen. De verpleegster ratelt in snel Spaans een klaagzang af. '*Maldita sea, arruinar!*' Geruïneerd. Juma heeft een gat gebeten in de enige trui die ze bezit, ze heeft er genoeg van.

Met z'n tweeën brengen moeder en tante Ludmila deze ongelukkige familie-erfenis tot bedaren. Het gekke meisje wordt snel in een tafellaken gewikkeld. Moeder haalt haar mooiste borstel en zegt dat ze Juma's haar wil borstelen. Voor moeder smelt iedereen, ook Juma. De ebbenhouten borstel glijdt langzaam van boven naar beneden en tante Ludmila geeft haar dochter nog een glaasje zoete limonade. Juma heeft geen dorst, maar ze verandert van gedachten als moeder zegt dat verse citroenlimonade goed helpt tegen acne. Ik vraag me af wat dat wel niet voor limonade is, waar een meisje dat buiten zinnen is ineens zo slaperig van wordt. Als Juma's ogen dichtvallen, legt moeder de borstel neer en kijkt naar Ludmila met dezelfde blik die Lupe en ik soms wisselen.

Ik loop achter Benya aan, die de soldaten op strenge toon toespreekt. Naar beneden, naar onze Ford LTD, de enige Amerikaanse auto waar ik ooit in heb gezeten. Ik ben dol op deze auto, ik heb hem al twee keer gewassen. Ik ben blij dat Juma niet meegaat. Ik wil liever op mijn gemak genieten van mijn ijsje en de film.

· · ·

Op straat is het een drukte van jewelste. Benya rijdt langzaam naar het oude deel van Havana, en roept vloekend '*maricón*' en '*coño*' naar andere auto's. Het Internationaal Jeugdfestival is op zijn hoogtepunt. Iedereen is buiten. Op de hoek van Obrapia en Aguiar zie ik een paar Joegoslavische koormeisjes.

'Wil je stoppen, *por favor*?' vraag ik aan Benya.

Hij kijkt naar mij en dan naar de meisjes, en ik fluister: 'Ik zal het niet vertellen, echt niet. Dat van het bloed op het zolderraam heb ik ook niet verteld.' Hij kijkt me weer aan en ik zie dat hij weet wat er met die mensen is gebeurd en dat hij dat misschien ook afkeurt.

'Goed dan.'

De meisjes staan bij een Cubaans bandje. De slagwerker heeft maar één arm en gebruikt zijn voet om op de tweede conga te drummen. Drie mannen spelen gitaar. De meisjes hebben de kleren aan die ze ook dragen bij de opvoering: lange rokken van effen zwart fluweel en gesteven witte bloezen. Ze zingen *Guantanamera, guajira guantanamera*. De vochtige lucht doordrenkt de stof en de kleren zien er zo een stuk minder saai uit.

Het meisje dat moeder vulgair vond en van wie mijn oom de koffer had gedragen, de mooie Gordana, wervelt rond terwijl de mannen ritmisch in de handen klappen. Ze heeft geen beha aan. Door de bloes heen zie ik haar tepels, groter en donkerder dan de fijne rode puntjes van moeder. Elke keer als ze haar armen opheft en de mannen om haar heen het beter kunnen zien, worden ze weer luidruchtiger. '*Ochun Kole-Kole, Ochun Kole-Kole*,' scanderen ze voor de boze heks, de dame van de rivier, de godin. Ik bedenk dat het misschien niet zo erg is om grote, donkere tepels te hebben zoals de oma van vader, een zigeunerin, of zoals deze koffiebruine mensen, en ik neem me voor om de twee bruine vlekken die ik in de spiegel langzaam zie groeien niet meer te vervloeken.

Een jongeman uit de menigte loopt kalmpjes op Gordana af. Hij is donkerder dan de rest. Zwart als steenkool, bloot bovenlijf. Hij neemt haar bij de hand en laat haar rondwervelen zoals ik nog nooit heb gezien. De Cubanen beginnen nog harder te klappen, de slagwerker versnelt het tempo en zwaait heen en weer met zijn halve arm, Gordana's bloes kleeft aan haar lichaam van het zweet en de mensen brullen nu '*Kole-Kole, Ko-*

le-Kole' en wiegen met hun heupen, en dan tikt Benya ineens op mijn schouder en zegt: '*Vámonos.*'

'*No, no, por favor,* laat me nog even kijken, alsjeblieft.'

Hij glimlacht en fluistert: 'Ik ga wel wat ijs kopen, om mee te nemen naar huis.'

'*Gracias.*'

Ik sta alleen in de menigte. Niemand let op me. Ik begin ook mee te deinen. Eerst nog bedeesd; bang dat moeder komt kijken of ik wel het goede ijs heb gekozen en of er geen gevaarlijke broodroosters of bliksemflitsen in de oude binnenstad te bekennen zijn. Maar dan verdwijnt die angst en begin ik te heupwiegen, te schudden en te kronkelen, en een oudere, gebronsde man komt bij me staan en buigt zich over me heen, *un poquito blanquita.* Hij wrijft met zijn vuile hand over mijn schouder.

'Wat ben jij er voor een?' vraagt hij.

'*Gitana,*' zeg ik.

Hij gooit zijn hoofd in zijn nek en ontbloot zijn zwarte tandvlees. Zijn gleufhoed valt op de grond.

'Ik wist het wel,' zegt hij. 'Ik wist het. Een van ons.'

· · ·

De nacht is langer en zelfs nog heter dan de middag. De eindeloze Cubaanse zomernacht, woelen en zweten, ronddraaien in bed, denken aan de torso van Gordana's danspartner. De muziek van het banket beneden is verstikkend. Ik schaam me voor mezelf, voor dat heupwiegen. Ik wil ijs. Ik wil mijn stoute mond vol koud ijs. Ik zou erin bijten en mijn tanden erin laten wegzinken tot ze kloppen van de pijn en zo de herinnering uitwissen aan de middag, dat donkere tandvlees, '*gitana, gitana, Kole-Kole*', en het zweet.

Benya heeft een doos vol vanille-ijs in de vriezer gezet. Toen hij het me onderweg naar huis aanbood, wilde ik niks. Ik wilde geen kind meer zijn. Nu wel. Nu wil ik me weer een klein meisje voelen, nu wil ik mijn ijsje. Er is een vreemde verandering in mij opgetreden, en als ik op mijn tenen naar de keuken sluip, langs de gewapende soldaat die met zijn hoofd tegen zijn machinegeweer zit te dommelen, en langs de bedienden in smoking, wil ik niet langer mijn blik van hen afwenden zoals ik altijd doe.

Ik gluur even in de balzaal. Baljurken en smokings ruisen langs, systematisch en doelbewust. Het ritme der verovering. De mensen in deze zaal hebben gewonnen. Kristallen glazen fonkelen naast de zedige glimlach van de chique dames, en zelf-verzekerde heren wisselen in de bedompte broeierige warmte hun gewichtige verhalen uit.

Moeder is de ster van de avond. Ze danst met Fidel, die een saai groen uniform draagt dat volledig verbleekt naast haar jurk. Ik ben trots dat ze hem in de schaduw stelt. Om zijn middel hangen handgranaten en een pistool. Ik vind het niet meer zo'n leuke gedachte dat hij voor haar valt. Niet omdat ik bang ben. Nee, ik ben al van kinds af aan vertrouwd met wapens, schoot op mijn zevende voor het eerst de kop van een eend eraf. Nee, dit is geen angst. Die gewapende baardmans in wiens armen mijn moeder nu danst, heeft iets te maken met de bloedvlek op zolder. Dat weet ik zeker. Ik wil niet dat hij haar aanraakt.

De keuken is leeg. Ik zit bij de deur en voel tranen opwellen, een vreselijke warme golf van tranen. Iets is voorgoed verloren gegaan. Lupe loopt voorbij zonder me op te merken. Ik zie dat ze zich niet op haar gemak voelt in de stijve grijze jurk die tante Ludmila haar ter ere van Fidel laat dragen. Dan ziet ze mij zitten en fluistert zachtjes: 'Wat is er, meisje? Je moet hier niet zitten huilen.' Haar armen, moe van een dag lang snijden, plukken en schoonmaken, spreiden zich in een uitnodigend ge-baar. Ik vlij me als een gehoorzaam meisje tegen haar aan. Ik kan nog steeds lief zijn tegen Lupe. Maar haar omhelzing vol-staat niet meer.

· · ·

Elke dag ga ik op de fiets naar het Joegoslavisch Jeugdkoor, luisteren naar de repetities. Dan heb ik make-up op. Mijn moeder is blij dat ik me opmaak, ze was al bang dat ik altijd een jongetje zou blijven, zegt ze. Tante Ludmila vindt het maar niks, die vindt het te vroeg. 'Als ze zich nu al zo mag toetakelen, wat moet er dan wel niet van worden als ze zeventien of achttien is?'

Wat ervan moet worden? Ik voel me getart door haar grote woorden. Uit wraak steel ik haar lippenstift. Ze heeft rode, precies de kleur die ik wil hebben. Zodra ik buiten ben, stift ik mijn lippen in het achteruitkijkspiegeltje op de fiets. Mijn lippen zijn rood, en oude Cubaanse dames sissen '*puta*' als ik hen passeer. Hun echtgenoten hebben minder bezwaar, geloof ik.

De bedelaressen lachen me toe. '*Qué bonita*,' zegt er eentje. De volgende dag kom ik terug en ga naast haar zitten. '*Qué bonita*,' zegt ze weer, en ze streelt mijn haar met vingers waarvan de nagels gescheurd zijn door het slapen op het betonnen trottoir. De dag daarna tref ik haar slapend aan. Ik pak mijn lippenstift en maak haar lippen rood. Dan wordt ze wakker en grijpt mijn arm als een dronkenlap, maar ze herkent me meteen, '*Bonita*', en lacht en valt weer in slaap met een glimlach op haar hoerig rode lippen.

Ik ga achter in de concertzaal zitten en kijk naar de koormeisjes. Ze zijn moe. De dirigent heeft horen zeggen dat de Russische partijleider Breznjev misschien de laatste opvoering zal bijwonen. Op de wolkenkrabbers in Havana hangen reusachtige posters van Brezjnev en Fidel die elkaar de hand schudden. Als Brezjnev te spreken is over de meisjes, maakt de dirigent meer kans op een aanstelling aan het Moskous Conservatorium. De dirigent is ook een zwemkampioen, een gelauwerd scherpschutter en een legendarische langeafstandsloper. Hij gaat maar door met de repetitie. De meisjes klagen dat ze straks geen stem meer over hebben als de Rus met de borstelige wenkbrauwen inderdaad in de zaal zit. Eindelijk mogen ze dan vertrekken. Gordana's donkere danspartner helpt haar het podium af.

Net als ik hangt hij altijd bij de repetities rond. Soms voert hij een reparatie uit of brengt een biertje terug naar de emmer met ijswater. Maar hij zit voornamelijk op haar te wachten. Hij heet Roderigo. Ze zitten met hun hoofden vlak bij elkaar te praten, als minnaars in een film.

Na niet veel meer dan een week begint ook oom zijn opwachting te maken. Hij komt alleen, zonder Benya, en biedt nooit aan om mij naar huis te rijden. De Cubaanse bouwvakkers stappen met hun gereedschap opzij als hij eraan komt. Iedereen noemt hem *señor*, ook al zijn we nu toch allemaal communist en allemaal gelijk. Gordana is onder de indruk. Ik zie dat ook hij verrukt is van haar grote tepels.

Al snel zit ze geen zoete woordjes meer met Roderigo te wisselen. Tegen mij is ze poeslief als oom in de buurt is. Zodra hij weg is, ben ik lucht voor haar. Ze vertelt aan iedereen dat ze altijd heeft geweten dat ze meer in haar mars had, ook al komt ze uit een arm gezin – haar vader was een bestofte mijnwerker en haar moeder helemaal niks. Een meisje zoals zij moet wel trouwen met een voorname man, iemand met een Amerikaanse auto en een hoge positie, iemand tegen wie iedereen *señor* zegt. Hij heeft beloofd dat hij weggaat bij zijn vrouw en zijn debiele dochter.

Dat zegt hij tegen alle meisjes, wil ik tegen haar zeggen. Ik ben kwaad omdat ze Juma een debiel noemt. De Partij zou hem nooit toestaan om weg te gaan bij tante Ludmila, de dochter van een oorlogsheld die Tito's boezemvriend was. Ik besluit mijn mond te houden. Ze komt er snel genoeg achter, net als alle ballerina's en actrices op wie oom al eerder zijn oog liet vallen.

In het begin zijn Gordana en oom nog voorzichtig. Eerst sluipt zij het leegstaande kamertje van de conciërge in. Daarna volgt hij. Vervolgens komen ze met een tussenpoos van een of twee minuten weer naar buiten. Aan hem is niks te zien. Haar haar zit een beetje in de war. Maar al snel worden ze onvoorzichtig, slordig – staat de rits van haar rok nog open en ziet zijn gezicht net zo rood als haar blozende wangen. '*Puta,*' wil ik tegen hem roepen.

Op de laatste dag voor het weekend staan er gele en witte bloemen op het podium, ooms lievelingsbloemen. Gordana gooit haar koormantel van haar schouders. Zwaait met haar welgevormde arm naar Roderigo, 'tot over een paar dagen'. Hij laat teleurgesteld het hoofd hangen; zij stapt in onze Ford. De auto rijdt weg, de afstand tussen hun hoofden wordt minder.

Ik ga zitten en wacht. Een van de decorbouwers, die ene met een bochel, loopt naar Roderigo en fluistert iets in zijn oor. Die trapt de emmer met ijswater omver en schreeuwt: '*Puta, puta.*' Dan gaat hij midden in de plas ijswater zitten en maakt een verloren indruk.

Alleen diplomaten kunnen Coca-Cola kopen. Het komt helemaal uit Duitsland. Ik loop met een blikje cola naar hem toe en bied hem een slok aan. Hij kijkt me aan, kijkt naar het blikje, naar mijn mooie jurk, en dan naar zijn vrienden, die staan te lachen, '*vendetta, vendetta*'. Ik weet dat ze hem opjutten om wraak te nemen voor zijn geschonden eer, maar dat kan me niet schelen. Bij hem in de buurt vergeet ik hen, vergeet ik alles.

. . .

Elke dag steel ik geld en voedsel, blikken ham, dure Franse kaas, halfvolle kruiken wijn die over zijn van het avondeten. Lupe weet het. Ze zegt tegen me: 'Ik zorg wel dat ze het niet merken.' Ik omhels haar en ren naar buiten, naar de mango-boom waar hij in de schaduw op me wacht.

Eerst fietsen we gewoon een stukje. Hij voorop. Ik een eindje achter hem aan. Hij heeft een deken bij zich die de kleur heeft van een bloeduitstorting.

'*Playa?*'

'*Sí.*'

De oceaan buldert en wij zijn alleen. We zitten er een tijdje naar te luisteren. Dan legt hij me op mijn rug en duwt mijn benen uit elkaar, net als mijn neef, maar dan zachtjes.

'Doet het pijn, *mi amor*?'

Ik begrijp waarom hij dat vraagt en ik ben niet van plan om te laten merken dat het geen pijn doet. Dus ik gil alsof het wel pijn doet en hij ontspant en voelt zich blijer dan wanneer hij zou weten dat iemand anders me al eerder pijn heeft gedaan. Gordana is mooier en heeft grotere tepels, en als ik niks beters heb om haar mee af te troeven, zouden alle voedselbonnen en alle ham ter wereld me niet helpen.

We verstoppen ons. We zoeken een nieuwe plek, ergens waar we nog niet geweest zijn. Altijd diezelfde deken mee. Het kanaal, de rietvelden, het huis van zijn vriend, waar alle goten lekken. We gaan weer naar het strand. Als het niet regent, waait de warme wind over de duinen en rolt er opgedroogd zeewier tegen onze voeten. Als we alleen zijn, wast hij me na afloop schoon in het zeewater. Als het zout tussen mijn benen brandt, blaast hij erop zoals moeder deed als ik als klein kind een wondje had dat met alcohol moest worden ontsmet. Soms heeft hij een lege bierfles vol zoet water bij zich en dan brandt het niet.

'Blaas er toch maar op,' zeg ik.

'Vind je dat lekker?'

'Als het niet brandt, vind ik het heerlijk.'

'Hoe lang blijf je in Cuba?' vraagt hij me na een maand terwijl hij mijn voorhoofd kust.

Ik trek mijn hoofd terug, wil niet als een kind behandeld worden.

'En dan?'

'Terug naar huis, denk ik.'

'Laat je mij dan achter?'

'Ik weet het niet.'

'Als je dat doet, vervloek ik je.'

'Vloeken is toch tegen de partijlijn?' zeg ik.

Hij zwijgt even en ik vergeet mijn vraag weer.

'De Partij,' zegt hij uiteindelijk.

Ik zie dat hij verder niks durft te zeggen.

'Ik weet niks over jouw familie,' zeg ik.

Dan volgt het verhaal. Zijn vader was een beroemd slagwerker, die bij zijn moeder wegging toen ze nog heel klein waren. Zij werkte in een fabriek en moest haar kinderen zien te voeden. Hij is trots op haar. En hij houdt van haar. Hij trekt een raar gezicht als ik hem vertel dat mijn moeder bij mijn vader is weggegaan. Een vrouw die bij een man weggaat? Zoiets heeft hij nog nooit gehoord. Wat voor soort mannen hebben wij daar in dat koude land? Toch zeker geen echte mannen. Zijn bruine rug buigt van me weg.

'Alleen zwakkelingen worden in de steek gelaten door hun vrouw. Je vader moet een slapjanus zijn, een wijf.'

Ik ben kwaad dat hij zulke dingen over mijn vader zegt, dus ik zeg dat ze hem nooit ons huis zouden binnenlaten, dat mijn oom de zwarten een blok aan Cuba's been noemt – lui, nutteloos en overseksd.

Nu wordt hij boos en zegt dat hij hier alleen maar zit omdat ik rijk ben en voedselbonnen voor hem heb, dat ik hem nooit zal vergeten omdat hij mijn eerste is, terwijl hij mij vergeet zodra hij me de rug toekeert. Ik moet lachen. O, had ik dat nog niet gezegd? Hij is mijn eerste niet. Er zijn al eerder mannen geweest die mijn tijd hebben verspild.

Ik zie dat ik hem daarmee kwets, maar ik ga door. Dat Gordana elke dag komt aangereden in onze Ford, in de passagiersstoel naast oom, die met zijn hand onder haar zwarte rok zit. Dat laat ze toe, ze laat zich zo betasten door een verrimpelde ouwe vent, in ruil voor wat chocola en een ritje in een dure auto. Oom heeft haar zelfs gevraagd hoe het zit met die jonge roetmop van wie men fluisterde dat hij haar minnaar was.

'Hoe kun je dat vragen,' had ze verontwaardigd gereageerd. 'Hoe kan iemand nou vallen op een man die donkerder is dan deze chocola?' En ze zwaaide met haar chocoladereep voor zijn neus. Oom bood zijn excuses aan voor die grove belediging en nam haar mee naar de Tropicana, de beroemdste dansrevue in Havana, die armelui zoals Roderigo helemaal niet kunnen betalen.

Hij ligt weer boven op me, sterker, nu wel net zoals mijn neef, hij pint mijn armen tegen de grond, duwt mijn benen uit elkaar en roept *'puta, puta,'* en ik roep *'te amo'* terug, hij bijt in mijn huid, en dan kust hij me, 'het spijt me, het spijt me', en het genot is groter dan ooit tevoren.

. . .

Ik bloed. Er zitten vlekken in mijn ondergoed, bruin en kleve-rig, een mokkapapje. Ik weet niet wat het is. Ik heb al eens eer-der gebloed, de eerste keer dat neef me pijn deed. Misschien is dit dat maandelijkse gedoe waar ik wel eens over gehoord heb. Wat uit je wegspoelt. Maar het kan ook iets anders zijn. Iets wat met Roderigo te maken heeft. Ik kan het niemand vragen. Ik sluip de kamer van mijn oom in en jat een paar sokken. Eén voor één gebruik ik ze om het papje op te vangen. Daarna gooi ik ze in een openbare afvalbak als ik 's avonds een eindje ga fietsen.

Ik zeg het tegen niemand. Dit zijn mijn geheimen. De sok-ken, Roderigo, alles. Maar de geruchten doen toch de ronde. Eerst nog langzaam. De tuinman die, om de middaghitte te vermijden, midden in de nacht de struiken staat te snoeien, ziet een zwarte schaduw onder de mangoboom glijden. Eerst houdt hij het nog voor zich. Dan ziet hij het een tweede maal. Hij vertelt het aan de schoonmaakster.

'De juffrouw doet iets met voodoo,' zegt hij tegen haar.

'Voodoo?' spot ze. 'Het enige wat zij doet, is wat elke geile rijke *puta* wil. Vrijen met een *negrito*. Ik maak elke ochtend haar onbeslapen bed op. Voodoo houdt een jonge meid niet uit haar slaap.'

Op een avond hoor ik in de keuken rumoer van stemmen. Bezorgde stemmen.

'Het is ziekelijk. Het hoort niet.' Ik herken de zangerige, na-sale stem van de tuinman. 'Een rijke blanke meid met zo'n be-rooide zwarte knul.'

'Het is natuurlijk niks nieuws,' werpt Lupe tegen. 'Maar ik maak me wel zorgen. Ze is nog geen vijftien, dat wordt ze pas in het najaar. Haar moeder moet haar hier weghalen.'

'Een van de mannen zou die jongen moeten waarschuwen,' zegt de tuinman. 'Zorgen dat hij zich niet te diep in de nesten werkt. Hij is gek dat hij dit waagt. De Partij zou zo'n huwelijk nooit toestaan.'

'Huwelijk?' De keukenmuren schudden van Lupe's boze stem. 'Wat klets je nou? Ze is nog geen vijftien!'

39

Ik sla geen acht op de geruchten. Moeder vraagt me niks. Ze is steeds minder thuis. Ze ziet er moe en bleek uit. Ik vraag me af of ze afgemat wordt door de tijd die ze met Fidel doorbrengt. Roderigo wil me meenemen naar zijn familie, mij voorstellen aan zijn moeder. Als ik weiger, staan de tranen in zijn ogen. 'De volgende keer,' zeg ik, en hij houdt me stevig vast, zijn lichaam gespannen en afstandelijk, alsof hij weet dat ik lieg.

. . .

Drie dagen voordat de school begint, stormt mijn oom de slaapkamer in, grijpt me – 'kleine slet' – bij mijn haar en gooit me op de vloer. Mijn hoofd stoot tegen de gestoffeerde rand van de stoel. Bijna lach ik en ik roep tegen hem: 'Het deed toch geen pijn.'

Bij de deur houdt Ludmila moeder tegen. Mijn oom geeft me een schop en ik krimp ineen. Dan vliegt Juma tante Ludmila aan, moeder ontworstelt zich aan Ludmila's greep en houdt oom tegen.

'Hou op,' gilt ze.

Hij draait zich om en klemt haar handen in de zijne. 'Lieverd toch, jij moet hier niet zijn, jij moet naar bed, je bent doodziek, schat.' Hij wendt zich naar mij: 'Kijk nou eens wat je je moeder hebt aangedaan, ze is ziek, ziek door jou, haar baarmoeder wordt haar dood nog, de baarmoeder waar ze jou in heeft gedragen, jij waardeloze hoer, kijk tocht hoe bleek ze ziet.'

'Hou op,' fluistert ze.

'Zeg niet dat ik moet zwijgen,' buldert hij. 'Ze moet weten wat ze heeft aangericht. Je moeder gaat dood, vuile slet dat je bent!'

Zijn adem ruikt naar rum, ik weet dat hij dronken is en ik heb overal pijn, en Juma gilt en gilt, slaat zich in het gezicht en krabt haar huid open, haar armen bloeden.

'Papa, hou op, hou alsjeblieft op,' schreeuwt ze.

Hij stopt alleen maar omdat hij buiten adem is. Hij kijkt me aan en zegt: 'Ik walg van je. Iedereen walgt van je.' En hij beent de kamer uit.

Het duurt minuten voordat iemand iets zegt. Moeder zit op de vloer met gebogen hoofd. Tante Ludmila staat tegen de deur geleund en houdt zich vast aan de deurpost. Juma zit op de vloer en likt neuriënd aan haar bloedende onderarmen. Moeder kruipt naar haar toe en strijkt over haar voorhoofd.

'Wat een mooi liedje, schat,' zegt ze.

'M-hm.'

'Niet doen.' Ze trekt Juma's arm weg van haar mond. 'Straks gaat het ontsteken.'

Ik zit in de hoek, niemand kijkt naar mij.

. . .

De volgende middag is het beslist: we gaan weg. Iemand heeft onze tassen gepakt en keurig bij de deur gezet, de volgende ochtend nemen we het vliegtuig. Ze dachten dat ik zou tegenspartelen, zou schreeuwen, maar ik zit gewoon stil in mijn kamer. Iemand draagt onze tassen naar de auto en laadt ze in. De kap kreunt als hij met kracht wordt dichtgeslagen. Ik schrijf malle dingen op een stuk papier, in een poging om een afscheidsbriefje te schrijven voor Lupe, voor Benya, voor Roderigo, maar ik weet niet wat ik moet zeggen.

Ik loop naar de kamer van Juma. Ze zit op het bed zichzelf te wiegen en zegt steeds: 'Sorry – sorry, sorry – sorry.' Ik haal mijn borstel uit mijn handtas. Hij is oud en vol krassen, lang niet zo mooi als die van moeder. Ik geef haar mijn mooiste haarspelden. Ze neemt ze aan.

'Schoonheid,' fluister ik. Ze heeft graag dat ik haar zo noem. 'Moet je horen,' zeg ik.

Ze schuift naar me toe en schenkt me haar volle aandacht.

'Je bent niet zo dom als ze denken. Je moet gewoon de thee en de limonade die je van ze krijgt niet meer drinken. Daarmee houden ze je dom.'

Haar kin zakt verder omlaag.

'Ik meen het echt,' zeg ik, en ik draai me naar de deur.

'Sasja,' roept ze.

Ik blijf staan. We kijken elkaar aan.

'Dank je wel.'

. . .

Tante Ludmila loopt met me mee om er zeker van te zijn dat ik geen scène maak. Ze mompelt: 'Hou alsjeblieft je gemak waar het personeel bij is. We zijn al genoeg te schande gemaakt door dat gerotzooi met die zwarte armoedzaaier. Straks komt die schande het Centraal Comité nog ter ore, of zelfs Tito. Het kan ons allemaal in het verderf storten.'

Ik knik gehoorzaam. Lupe legt even haar hand op mijn arm als ik langsloop, maar ik moet alle kracht die nog in mijn benen zit gebruiken om door te lopen. Het is niet Benya die achter het stuur zit. Oom brengt ons weg. Moeder ontwijkt mijn blik en gedwee struikel ik de auto in.

. . .

De vlucht terug duurt lang en de stewardessen zijn aardig. Ze weten dat we connecties hebben met een hooggeplaatst persoon; ze hebben gezien dat de auto helemaal tot bij de roltrap van het vliegtuig mocht rijden. Moeder zit voor in het toestel, niet naast mij.

Bij de overstap in Praag overnachten we in het hotel bij het vliegveld. Moeder gaat naar bed zonder te lunchen.

'Hier in Praag kunnen we ons tenminste gewoon onder de mensen begeven,' zegt ze. 'Hier is ons paspoort goed genoeg om ons onder de mensen te begeven. Hier hoeven we niet voorovergebogen, met het hoofd in de handen, op een stoeltje op het vliegveld te slapen, zoals in Canada. Daar zijn mensen uit een communistisch land niet gelijk aan gewone, respectabele burgers.'

Ze zegt dat ze op haar kamer wil blijven tot het avondeten, en of ik even naar die aardige mevrouw in de geschenkenwinkel wil gaan om een horloge te kopen voor haar jongste zus.

'Ik heb haar een Bulova beloofd,' zegt ze.

Zo'n taak is me nog nooit toevertrouwd en ik ga het horloge kopen, waarvoor ik precies het bedrag moet betalen dat ik in mijn hand houd. Voor mij zijn alle horloges eender, ik heb daar geen verstand van. Zenuwachtig denk ik aan moeder, boven in bed. Een jonge Tsjechische vrouw, die nog bleker is dan moeder, stopt de ronde Bulova met Romeinse cijfers in een vierkant doosje.

Moeder staat op voor het avondmaal en ziek of niet, in haar bruinrode jurk ziet ze er nog steeds schitterend uit. De hoteldirecteur komt meteen naar ons toe.

'Volgt u mij maar,' zegt hij.

Hij brengt ons zelf kaviaar en brood en boter. Ik vraag om een mango en hij en moeder kijken me allebei aan met een blik van: wat mankeert jou, dwaze meid, dat je hier om een mango vraagt, in Tsjechoslowakije? Weet je niet dat we midden in Europa zitten?

Ik schuif het eten op mijn bord een beetje heen en weer.

'Waarom eet je niks?' Het is de eerste vraag die moeder me in maanden heeft gesteld.

'Geen trek.'

'Maak je maar geen zorgen.' Ze raakt me zachtjes aan, net zo teder als Lupe die Kotorita verzorgde. 'Het gaat wel over. Als je jong bent, gaat alles ook weer snel voorbij.'

Ik staar naar het tafellaken.

Eenmaal terug in de hotelkamer ploft ze neer op het bed, nu alweer uitgeput.

'Je mag wel naast me liggen als je wilt,' zegt ze.

Ik kruip tegen haar aan en houd haar stevig vast.

'Heb je nog pijn van de klappen van oom Malik?' vraagt ze.

'Nee. Ik ben alleen bang.'

'Waarvoor?'

'Dat weet ik niet.'

Ze geeft me een kus.

Zwijgend liggen we te luisteren naar de vliegtuigen die over het hotel heen bulderen. De lichten van de landingsbaan zijn blauw en rood en oranje. Hun licht flikkert over de dunne deken die haar lichaam bedekt.

'Wat is vader voor iemand?' vraag ik na een tijdje.

Ze draait zich op haar rug. Het oranje licht valt op haar gezicht. Zo ziet ze er gezond uit.

'Ik heb hem nooit goed gekend,' zegt ze.

'Tante Dika zegt dat hij een leugenaar is.'

'Dat is haar mening.'

'Tante Dika liegt niet.'

'Iedereen liegt.'

Langzaam doet ze haar ogen dicht en ze lijkt te slapen. Ik wacht. Haar borst gaat een tijdje langzaam op en neer, terwijl buiten het vierde vliegtuig eraan komt gieren. Ik kruip in mijn eigen bed.

'Zorg dat je je goed instopt,' zegt ze met haar ogen dicht. 'We zijn niet meer in Cuba.'

Ik kruip onder de deken, de lakens zijn koud en ik vraag me af hoeveel mensen hieronder geslapen hebben, en of ze net zo ongelukkig waren als moeder, en net zo bang als ik, en of ze ook deden alsof ze sliepen, terwijl de klokken ondersteboven hangen en de mensen in Havana nog maar net aan het middagmaal toe zijn.

Moeder gaat op haar zij liggen. De deken valt in de glooiing van haar middel. Het tempo van haar ademhaling wordt hoger. Ik denk dat ze huilt. Ik kruip weer tegen haar aan. Ze lijkt nog magerder dan daarnet. Ik geef haar een kus zoals zij mij kuste toen ik klein was, wanneer ze dacht dat ik al sliep: achter op mijn hoofd, precies bij de haargrens in mijn hals.

'Ga maar slapen, *mamita*.' Ik noem haar zoals de kleine Cubaantjes hun moeder noemen. Ze ontspant zich. 'Ik heb mijn hart ook in Cuba achtergelaten,' fluister ik, maar ze zegt niks terug, schokt alleen een beetje van onderdrukt gesnik.

'Maak je geen zorgen,' zeg ik. 'Ik ben er.'

'*Guantanamera*,' zing ik. '*Guajira guantanamera, no se preocupe, niña, te amo, te amo, te amo.*'

4

Het droge, zonnige weer maakt onze terugkeer draaglijker. Mijn haar zakt een beetje in, maar ik ben blij om weer lange mensen te zien met brede schouders en gezichten die me aan mezelf doen denken. Moeder zit voor in de auto, kaarsrecht en gespannen, alsof een hevige pijn vanbinnen tegen haar buik drukt. Ik zit achterin naast tante Dika.

'Moet je die kraaien in dat kadaver zien pikken,' wijst moeder.

Hun verenpak is glimmend zwart. Als prachtige zwarte arenden of valken stappen de krassende vogels gracieus en afgemeten om het kadaver heen. Ik ben jaloers op ze.

'Het zal wel een dode kat zijn. Kijk er maar niet naar,' sust Dika.

'Nee, het is een dooie kraai,' besluit moeder. 'Ze eten elkaar op.'

'Misschien slaapt hij wel en proberen ze hem wakker te maken,' zeg ik.

'Misschien, ja,' fluistert moeder.

Ik probeer mijn hand onder de vingers van tante Dika te wurmen, maar ze houdt haar hand stijf tegen de zitting gedrukt, haar blik strak gericht op het voorbijglijdende landschap. Door het verdriet, een onbekend verdriet dat alleen dappere volwassenen kunnen voelen, zijn haar lippen en haar hals wit weggetrokken. Ik wil iets zeggen, maar ik durf niet.

. . .

Mijn slaapkamer doet vreemd aan. De vertrouwde voorwerpen

zijn niet veranderd; de witgrijze strepen op mijn piano, mijn kille blonde poppen. Maar ze zijn kleiner, alsof ze van een kleiner, beperkter persoon zijn. Ik trek de laden van mijn bureau open en bespioneer mezelf. Mooie spulletjes, keurig opgeborgen, nieuwe schriftjes met lege naamstickers die liggen te wachten op het schooljaar, dure servetten die ik heb gejat uit een hotel. En daaronder is het een rotzooi: paperclips, papier, notitiebriefjes. In deze la ben ik een doodsaai doorsneemeisje. Ik duw de la dicht met mijn vingers er tussen en blijf doordrukken tot ik het niet meer uithoud.

Op een stroom koele lucht drijft door het raam de geur van dennen en stoofvlees binnen, een geur die mij nu vreemd aandoet. Een vrouw roept iets met een diepe keelklank die net zo klinkt als mijn eigen stem. Diep en schor. Het is afgelopen met de melodieuze zang van Lupe.

Een kind huilt. Dat klinkt overal hetzelfde.

. . .

De dokters komen, heel veel dokters. In ons vooraanstaande huis zijn ze onderdanig. Bij onze voordeur legt een dokter zijn privileges af. Je kunt je niet hooghartig gedragen in het huis van een partijlid.

Ik verstop me achter de deur om niks te missen.

'Zet het raam open,' zegt de grootste, gewichtigste dokter. 'De patiënt heeft frisse lucht nodig.'

Het gordijn wappert in de wind terwijl zij haar onderzoeken, beraadslagen en hun medische instrumenten laten rinkelen. Moeder ligt plat op haar rug. De grote dokter, in diepe concentratie verzonken, trekt een paar handschoenen aan en loopt naar de patiënt toe. De twee anderen tillen haar benen op en spreiden ze. De grote dokter pakt een lang puntig ding en wroet daarmee in haar lichaam.

'Niet zo hard alsjeblieft, alsjeblieft,' roept ze.

Ik vlieg op de dokter af, grijp zijn hand en ruk het wapen daar weg. 'Laat haar met rust, hou op.' De twee andere dokters pakken me beet en tante Dika schreeuwt: 'Wat mankeert jou? Wil je soms dat ze doodgaat? Ga naar je kamer en blijf daar tot je geroepen wordt.'

Dat wil ik niet. 'Ik zal me gedragen,' zeg ik. 'Laat me alsjeblieft blijven.' Maar tante duwt me weg. De anderen dringen om moeder heen, die nog steeds op haar rug ligt, en als ze de deur dichtdoen, zie ik haar gezicht niet meer.

Mijn slaapkamerdeur valt met een klap achter me dicht. Ik lig op de vloer en de sleutel klikt in het slot. Nu ben ik alleen. Ik sla op de muur die aan moeders kamer grenst. Ik blijf erop slaan, en dan staat Dika voor mijn deur te gillen: 'Hou op, idioot. We sturen je nog weg, rotmeid.' Dan wordt er zachtjes tegen de muur gebonsd en ik denk dat ik mama hoor zeggen: 'Gedraag je, alsjeblieft.' Ik wil wel maar ik weet niet hoe. Ik ben de ergste rotmeid die er ooit bestaan heeft en hoe kan ze mij vragen om braaf te zijn, hoe kan ze van het grootste kreng aller tijden meer verwachten dan dat ze rottigheid uithaalt?

. . .

Uren later klopt Dika op mijn deur.

'Telefoon voor je.'

Haar stem klinkt somber. Het is de toon waarop ze ook praat wanneer ze vertelt over de strijd tegen de nazi's en hun collaborateurs, de strijd waarin ze zich heeft onderscheiden en waarvoor ze talrijke glanzende medailles heeft gekregen. Ik kom met hangend hoofd mijn kamer uit en neem de telefoon aan.

'Alexandra, met papa.'

Ik ben verrast dat iemand me bij mijn volledige naam noemt, verrast om vaders stem te horen. In de familie heet hij 'de spermadonor'. Hij belt nooit.

'Hoor je me?' vraagt hij.

'Ja.'

'Je moeder en ik hebben besloten dat je maar een tijdje bij mij moet komen wonen. Ze voelt zich niet goed en ze heeft rust nodig.'

Vader ruikt naar muffe kleren die te drogen hebben gehangen bij een fornuis waar urenlang iets smerigs heeft staan pruttelen, oud schapenvlees met zuurkool. Ik heb moeder wel eens horen zeggen dat ze altijd misselijk werd zodra hij haar aanraakte en dat hij aan zijn kant van het bed altijd een gore vlek achterliet. Ik schuif in de auto zo ver mogelijk van hem vandaan. Zijn neus is net zo krom als die van mij. Zijn bovenlip is strak en naar binnen gekeerd.

'Ik wil niet weg bij mama,' zeg ik.

'Prima,' zegt hij. 'We gaan gewoon een eindje rijden en dan breng ik je weer naar huis.'

Hij stopt bij een kindermodezaak. Terwijl hij staat te flirten met de verkoopster, die tegen mij zegt dat ik sprekend op mijn vader lijk, legt hij spijkerbroeken, hemdjes, shirts, sokken, ondergoed en twee badpakken op de toonbank. Hij krabbelt haar telefoonnummer op de kassabon. Voor het geval hij nog vragen over kinderkleding heeft, zegt hij. Ze is altijd om zes uur thuis, zegt ze, om voor haar zieke oma te zorgen.

'Heel netjes,' zegt vader goedkeurend. 'Dan zal ik zorgen dat ik niet vóór zeven uur bel.'

Hij draagt mijn tassen naar de auto, ineens bijzonder opgewekt, en als ik vraag voor wie hij al die kleren heeft gekocht, bromt hij: 'Sinds wanneer ben jij zo'n nieuwsgierig Aagje? Je lijkt wel op die twee waardeloze tantes van je, waarom ben je eigenlijk altijd zo lastig? Als je het dan per se wilt weten, ik wilde die arme meid aan een goede commissie helpen.'

'Commissie?'

'Jazeker,' zegt hij.

'In het communisme is het toch de bedoeling dat je geen commissies meer krijgt, dat iedereen gewoon zijn best doet zonder daar een speciale beloning voor te krijgen?'

'Welke idioot heeft je dat geleerd?' vraagt hij.

'Mijn leraren.' Ik besef dat ik hem nu nog meer zou ergeren als ik over mijn ooms en tantes begin.

'Dat zou misschien werken als die godvergeten boer die hier de macht heeft gegrepen, en jouw stompzinnige ooms met hun debiele nageslacht, geschikt zouden zijn om leiding te geven aan iets anders dan een varkensstal. Ik deed het voor dat meisje. Dus hou jij je mond maar.'

En dat doe ik.

Hij stopt bij het pompstation en tankt voor heel veel geld benzine en als de pompbediende vraagt of het een lange reis wordt, zegt hij: 'Heel lang.'

Ik raak in paniek. Hij wil me meenemen. Ik houd de deurhendel stevig vast, maar durf het portier niet open te gooien.

We stoppen bij het huis van vaders laatste echtgenote, waar mijn kleine halfbroertje op de achterbank springt. Vader lacht en geeft hem een kus. Noemt hem zijn kleine vent. Hij houdt van hem. In Griekenland, waar hij met zijn laatste echtgenote twee jaar heeft gewoond, noemden ze hem Arapaki, het Arabiertje, omdat hij net zo snel bruin wordt als ik. Bij hem vinden ze dat mooi. Hij is een jongen en dat is altijd beter, ongeacht de huidskleur.

Arapaki wil naar een draaimolen. 'Hè toe, hè toe, lekker rond en rond, hè toe, alsjeblieft.'

Vader draait zich om en kietelt hem. 'Ik zal je eens een draaimolen geven.'

Ik ruik mijn kans. 'Hè ja, toe, laten we naar het pretpark gaan,' zeg ik.

Hij kijkt naar mij en zijn glimlach sterft weg. 'Jij ook al?'

'Ja, ja!'

'Ja, ja!' klinkt het van de achterbank.

In het pretpark lopen massa's kinderen met hun ouders, jonge verliefde stelletjes, en groepjes oude vrouwen met blauwe kleurspoelingen. Vader geeft me geld om kaartjes te kopen en draait zich om naar mijn halfbroertje om hem te wijzen op de skelters, waar hij volgend jaar in mag.

'Wanneer is volgend jaar,' vraagt het zoontje. 'Morgen?'

'Nee, malle jongen,' zegt de liefhebbende vader, en hij drukt zijn zoon tegen zich aan. 'Volgend jáár.'

Ik denk aan Roderigo aan de andere kant van de wereld, die ik nooit meer zal zien, morgen niet, volgend jaar niet, nooit meer, en ik denk aan moeder en het donkere geheim in haar binnenste, en ik verfrommel het geld in mijn hand tot een prop en zet het op een hollen.

Ik ren. Ik ren zo hard als ik kan en ditmaal is het makkelijk. Het gaat vanzelf. Ik ben niet bang, helemaal niet. Ik trek mijn schoenen uit en neem er een in elke hand, zodat niemand me hoort en niemand me kan volgen. Ik ren over kiezels die prikken, langs glanzende rails, een verloren sleutel, yoghurtpakken, een verdwaalde kat, een stelletje dat in de struiken ligt, een schoolplein, tot mijn borst in brand staat en ik moet stoppen.

'Vanwaar die haast?' vraagt een jonge soldaat die bij een café tegen de muur geleund staat.

Ik geef geen antwoord. Vanuit het café hoor ik een zanger die vals zingt.

'Wil je wat drinken?' Hij gebaart met zijn glas.

Ik neem het glas aan en sla het in één keer achterover, als een man. Mijn keel staat in brand, maar ik vind het lekker.

'Er zit niemand achter je aan, hoor,' zegt hij. 'Anders hadden ze je al ingehaald.'

'Hoe weet jij dat?' vraag ik.

'Soldaten weten dat soort dingen.'

'Hoe is het om soldaat te zijn?' vraag ik.

'Makkelijk,' zegt hij en hij blaast kringetjes rook uit. 'Je hoeft alleen de waarheid te vertellen.'

Moeders vriendin woont vlak bij het pretpark. Ik hoop dat zij me wil helpen. Ik klop aan en wacht. Ze doet open en kijkt naar me zonder me te begroeten. Ze is ook een goede vriendin van tante Ludmila en ik zie dat ze het onvoorstelbare nieuws over mij al heeft gehoord, over die Cubaanse armoedzaaier, de schande.

'Kom mee naar de keuken,' beveelt ze, meteen door naar de keuken, niet op haar mooie vloerkleed met die vieze, bloedende voeten. Ik til mijn voeten van de vloer en laat ze tegen de stoelpoten rusten om zo weinig mogelijk vies te maken.

Ze zegt dat ze moeder gaat bellen om te laten weten dat ik niks mankeer en dat ze thee zal zetten. Ze vraagt zelfs wat ik wil, munt of kamille.

'Maakt niet uit,' zeg ik. 'Doe geen moeite.'

Dan stopt de politie voor de deur, en als ze hun auto ziet, begint ze me de les te lezen over het belang van vaders en echtgenoten, en respect voor de familie.

. . .

Moeder ligt op bed met haar gezicht naar de muur. Tante Dika komt achter mij de kamer in.

'Hier is ze,' zegt ze.

Ik ga zitten en wacht. Moeder draait zich om.

'Wat is er met je voeten?' vraagt ze.

'Opengehaald tijdens het rennen.'

'Was ze maar goed met heet water.'

'Oké.'

'Leg er een handdoek onder en droog ze goed af voordat je je sokken weer aantrekt, anders gaat het ontsteken.'

'Oké.'

Dan bonst vader op de deur. We kunnen hem maar beter binnenlaten, brult hij. Het is wel zijn dochter die ze tegen hem opzetten, hij heeft ook rechten. Hij duwt tante Dika aan de kant, negeert mij, gaat voor moeder staan en spuwt op de vloer.

'Vuile hoer, met jou is het begonnen,' zegt hij. 'Het is allemaal jouw schuld. En nu is ze rijp voor de goot.'

Hij staat daar te trillen van woede. Moeder keert haar gezicht weer naar de muur.

Tante Dika is in paniek door die dolle halve zigeuner die in haar huis tekeergaat. O, laat iemand ons toch helpen, drie hulpeloze vrouwtjes, de één ziek op bed, de ander met een kogel in haar been en de derde een gestoord meisje. Ach, zat die Duitse kogel maar niet in haar been, dan zou ze hem wel mores leren.

Niemand heeft gemerkt dat ik naar de keuken ben gelopen en een mes uit de la heb gepakt. Ik klem mijn vingers om het heft.

Ik ben nog geen vijftien en de punt van het mes dat ik in

51

mijn hand heb, drukt tegen vaders rug, en moeder ligt naar de muur te staren.

'Ons huis uit,' fluister ik.

De doffe toon waarop ik dat zeg slaat hem uit het veld.

'Ik ben je vader,' zegt hij, al zijn woede als bij toverslag verdwenen.

'Mijn huis uit,' zeg ik.

Verslagen loopt vader de kamer uit. Langs mijn neef met zijn blauwe ogen, mijn oom met zijn opengevallen mond. Die zijn net aangekomen, nadat de politie-inspecteur, een vriend van oom, hun de discrete boodschap heeft gestuurd dat de hele affaire, al is hij nog zo onverkwikkelijk, niet in het dossier van het meisje terecht hoeft te komen. Eén kik uit de eminente mond van mijn oom volstond.

Ik zwaai het mes heen en weer voor de blauwe ogen van mijn neef en hij jankt als een zwerfhond. Mijn borstkas zwelt van trots. Ik houd het mes de hele avond in mijn hand geklemd en niemand, Dika niet, neeflief niet en zelfs moeder niet, komt mijn kamer in.

. . .

Na een inderhaast belegd familieberaad krijg ik te horen dat de wijze mannen hebben besloten mij naar de bergen van West-Bosnië te sturen, naar het huis van mijn seniele oma.

'Daar kan ze geen rottigheid uithalen,' zegt Dika. 'Dat is zo afgelegen. En oma heeft een jonge verzorgster, die ook een oogje in het zeil zal houden.'

Als de schemering invalt, klopt moeder op mijn deur en vraagt of ze binnen mag komen. Ze heeft haar paarse kamerjas aan en ziet er mooi uit. Ik ga rechtop in bed zitten zonder mijn blik naar haar op te heffen, mijn hart bonst in mijn keel.

'Hoe gaat het?' vraagt ze.

'Prima.'

'Met deze stunt heb je het echt bij iedereen verbruid.'

'Weet ik.'

'Waarom ben je weggelopen?'

'Weet ik niet.'

'Je moet toch een reden gehad hebben.'

'Ben je echt ziek?' vraag ik. 'Ik hoorde ze zeggen dat je ziek was.'

'Ik ben wel ziek, maar ik word weer beter.'

'Echt?'

'Ja. Dus ga alsjeblieft naar oma en wees braaf, gedraag je als een fatsoenlijk meisje. Dan doe ik mijn best om snel weer beter te worden.'

. . .

In mijn latere leven is dat het beeld van moeder gebleven waar ik het meest aan terugdacht. De paarse kamerjas, die ze tot de dag van haar dood per se wilde blijven dragen. Die was toen pas nieuw. Ze had al haar haar nog. Haar gezicht was nog niet opgezwollen.

In mijn herinnering wordt ze nooit oud. Is ze jonger dan ik nu ben. De ziekte die haar dood versnelde, bestrijd ik door hem te negeren. Haar schoonheid blijft intact, het enige waarvan ze meer bezat dan ieder ander. In mijn herinnering blijft ze ongeschonden.

Die avond had ik misschien een kans om eens echt met haar te praten. Vragen te stellen. Ze was bang en kwetsbaar. Ze zou misschien wel iets verteld hebben, maar ik liet die kans voorbijgaan. Ik verspeelde de kans om net zo te worden als andere vrouwen die ik ken, met een oude, wijze moeder, die wijze dingen zegt, die naar ze luistert en ze begrijpt. Doorsneemoeders die ik al vergeten ben zodra ik opsta van hun doorsneetafel. Langgeleden heb ik besloten dat ik moeder bij me houd zoals ze op haar best was: trots, mooi en afstandelijk.

Ze loog die dag. Ik denk dat ik dat wel wist. Of misschien voelde ik het aan zonder het te beseffen, zoals kinderen vaak doen. Ze kan allerlei redenen hebben gehad om te liegen, en geen daarvan kan ik met zekerheid bepalen. Niet dat ik er niet over gepiekerd heb. Door die dag ben ik iemand geworden die onvermoeibaar bezig is om leugenaars en hun motieven te ontmaskeren. Daar ben ik een specialist in geworden. Maar de leugen die zij me voorschotelde, liet ik ongemoeid. Dat was het complot van moeder en mij, ons mysterie. Nooit lieten we iets los. Nooit stelden we vragen. Haar kanker, mijn geheimen – ons pact.

5

Zelfs in augustus vormt mijn adem hier al wolkjes. Het huis is
oud. Eeuwenoud. Twee rijtjes keien markeren het pad naar de
voordeur, dat altijd zo modderig is dat zelfs de lichtste krui-
wagen erin blijft steken. Simpele, dikke muren zijn opgetrok-
ken rond een grote open haard met een langzaam verzakken-
de schoorsteen. Het haardvuur brandt altijd en 's nachts lichten
de ramen op met een oranje gloed. Buren die op visite komen,
verwarmen hun ijskoude vingers aan de hete haardsteen.

De sfeer in huis is zwaar van herinneringen. Aan geboortes,
sterfgevallen, oorlogen, wapenstilstanden. Aan de oudste zoon,
die na zijn bruiloft de benedenverdieping betrok. Aan de tweede zoon, die op de kleinere bovenverdieping is gaan wonen. Anderen beproefden hun geluk op de grote vaart. Met kerst of
ramadan schreven ze brieven uit verre oorden om te vragen naar
het wel en wee van ouders en jeugdliefdes. De achterblijvers
bouwden kleinere, goedkopere huizen zonder fatsoenlijke fundering. Zo'n huis werd dan steevast vernield door een Bosnische sneeuwstorm, waarna het bouwen van voren af aan begon.

En aan hele generaties meisjes bewaarde niemand een herinnering, tenzij ze een goede partij aan de haak hadden geslagen, dan herinnerde men zich de hoeveelheid grond, de schuren, en de huizen waar zij hun zonen hadden gebaard. Over
mijn overgrootmoeder van moederskant ben ik nooit meer te
weten gekomen dan dat ze goudblond haar had, waar ze vlechten van maakte zo dik als de arm van een man. Om die vlechten was ze vermaard bij vrijers in vijf districten. Ze kreeg veer-
tien kinderen, waarvan negen jongens.

Ik heb hier een vriendin, Frances. Vernoemd naar een patroonheilige van haar katholieke familie. Ze heeft net zoveel sproeten als een koekoeksei, zei mama ooit schertsend over haar. Een beschrijving die me bijbleef. Zij is de enige die weet wat mijn neef doet. Vorig jaar, toen we bij elkaar in bed waren gekropen, haar roestbruine sproeten pal voor mijn zwarte ogen, vroeg ze of ik er ooit wel eens een in het echt had gezien. Ik zorgde dat ze haar oor zo dichtbij hield dat ik op haar gezicht de poedersuiker kon ruiken die we als toetje uit de keuken hadden gejat. Fluisterend vertelde ik haar mijn geheim.

'Nee!' Ze zat ineens op handen en knieën als een hond en duwde met haar voorhoofd tegen mijn borst.

'Ja!'

We gromden een beetje, worstelden met elkaar en blaften, tot ze weer serieus werd en zei: 'Dat is een doodzonde.'

'Dat went op den duur ook weer,' zei ik.

'Hou op met die schaamteloze praat.' Ze trok me het bed uit. 'Op je knieën. Bidden.'

'Tot wie?' vroeg ik.

'Tot Jezus.'

'Tot Jezus?' lachte ik. 'Waarom?'

'Hij staat je bij.'

'Daar heb ik nog nooit iets van gemerkt.'

'Heb je Hem om hulp gevraagd?'

'Nee.'

'Nou dan.'

We knielden en baden en eind augustus ging ik terug naar huis. Bij de bushalte drukte ze me tegen zich aan en zei dat ze van me hield en holde toen weer snel terug naar huis, waar ze die avond de koeien nog moest melken.

. . .

Nog voordat ik mijn tassen bij de voordeur van oma's huis heb neergezet, dromt heel Frances' familie om me heen. De meisjes lopen mee naar binnen, de jongens blijven buiten. De regels zijn nog niet veranderd sinds vorig jaar. Hier verandert nooit iets.

'Sasja, Sasja,' kirren de kleinste meisjes terwijl we elkaar zoenen.

'Frances is al bijna zeventien! Ze is verloofd!' roept de op een na oudste dochter, buiten adem van opwinding. Iedereen noemt haar Lachebekje, vanwege de brede glimlach en de diepe kuiltjes in haar wangen, die haar gezicht elke dag sieren.

Frances is voller geworden. Het afgelopen jaar zijn de meeste oneffenheden in haar huid uitgewist. Ze is prachtig, en zo sereen. De kalme manier waarop ze haar jongste zusjes tot de orde roept, 'Hé daar, doe 's rustig' – het doet me ineens aan moeder denken.

'Welkom, Alexandra,' fluistert ze zacht.

'Alexandra!' zegt Lachebekje spottend, en ze geeft haar een por. 'Moet je haar horen! Sinds ze onder de pannen is, omdat de zoon van de bakker heeft beloofd om voor haar te zorgen, voelt ze zich beter dan wij.'

'Schreeuw niet zo,' zegt Frances.

'Zie je wel? Wat heb ik je gezegd?' schatert Lachebekje. 'Helemaal met haar hoofd in de wolken.'

'Wat is dat voor rumoer, Mina?... Mina?' roept oma vanuit de slaapkamer. 'Toch niet de Duitsers of de katholieken?'

Alles wat ze ooit wist is ze vergeten, behalve de Tweede Wereldoorlog, en nu denkt ze dat ik Mina ben, haar jongste dochter, die is omgekomen bij een ongeluk met een lift toen ze net naar de grote stad waren verhuisd. Zachtjes loop ik haar kamer in. Ineengekrompen zit ze in de vensterbank van een halve meter hoog, even oud en afgetakeld als het huis. Haar witte haar is opgestoken in een knotje dat al een paar dagen oud is, en haar simpele jurk is nog bijna schoon.

'Hallo,' zeg ik.

'Wie zijn daar?' Met een angstige blik in haar vragende ogen kijkt ze me strak aan.

'Het zijn de goede buren, de kinderen van de communist. Maakt u zich maar geen zorgen. We gaan buiten spelen.'

Ik loop op haar af en haal stiekem de lippenstift van tante Ludmila uit mijn zak. Oma's verzorgster is er niet, dus ik kan doen wat ik wil.

'Wat is dat?' vraagt ze.

'Om u mooi te maken.'

'Dat gaat niet meer.' Ze pakt een stuk vel tussen duim en wijsvinger en trekt het van haar gezicht. De rimpels rekken mee, als een oude kous. 'Ik ben oud.'

'Ik vind u wel mooi.'

'Jij bent altijd al een lieve dochter geweest.'

Ik rol de lippenstift over haar krimpende mond. De dunne witte lippen vloeken met de rode kleur van de lippenstift, het ziet eruit alsof ze tot bloedens toe op haar lippen heeft gebeten. Oma's huid heeft nog nooit zonlicht gezien. Ik veeg het er weer af.

'Het spijt me,' zegt ze.

'Hé, kom nou,' roept Lachebekje in de andere kamer. 'Moeder wil je graag zien.'

Ik druk snel een kus op oma's schouder, die muf ruikt, en streel haar witte haar.

'Ik ben zo terug.'

'Pas op met de lift,' fluistert ze.

. . .

Ik graai een pot perzikenjam uit de kast om cadeau te doen. Ik heb zelf niks bij me en na zo'n lange tijd kun je niet met lege handen op visite komen, als een of andere schooier, dat is me als kind ingeprent. We laten mijn tassen staan en rennen erheen. Het huis van Frances is klein. Een krot van niks, met een betonnen vloer, daar moet het gezin met tien kinderen wonen. Voor de oorlog was het van mijn familie. Toen de communisten de strijd hadden gewonnen en eigendommen begonnen te nationaliseren, schonken de ooms dit huis publiekelijk aan het volk, met de mededeling dat het volk het harder nodig had dan wij. Een slimme zet, beter dan wachten tot het werd genaast en de eigenaar neergeknald, zoals vaak gebeurde wanneer de roden de misdadige bourgeoisie berechtten.

We kruipen op de sofa en wachten tot hun moeder, Mila, iets zegt. Ze neemt me eens goed op, trekt haar sjaal strakker om zich heen en steekt een sigaret op. Vroeger was Mila een mooie vrouw, met een rosse haardos, een regelmatig gezicht en een rechte neus, zonder sproeten of andere schoonheidsfoutjes. Die hebben de dochters van hun vader geërfd. Schoonheid is een belangrijke bron van trots, zelfs voor een arme vrouw. Maar zonder de revolutie zou al haar land van mij zijn geweest en daar geneert ze zich voor. Als ze met mij praat, weegt ze haar woorden altijd zorgvuldig.

'Je hebt zeker wel gehoord over de verloving?' zegt ze trots. Ik knik.

'De familie profiteert nu al enorm van dat huwelijk.' Ze blaast rook uit. 'Laat Sasja eens zien wat we elke dag cadeau krijgen,' zegt ze tegen Frances.

Frances komt terug met een rieten mand. Ze tilt de doek op die de inhoud tegen paardenvliegen moet beschermen.

'Zie je wel.'

Het brood ruikt vers.

'Elke ochtend stuurt zijn vader ons een brood,' zegt Mila. 'En op zondag twee grote broden en een cake.'

'Cake,' lachen de kleine jongens. 'Cake.'

Ze draait mijn jampot open. De vijf kleine kinderen hollen naar de tafel. Hun dikke vingertjes verdwijnen in de pot en Mila zegt bars: 'Eet eens een beetje fatsoenlijk, niet zo gulzig, niet zo schrokken.'

'Meer, meer,' roepen ze. Ze beseffen dat de komst van bezoek het ideale moment is om te jengelen, want het bezoek mag nooit de indruk krijgen dat je niet genoeg eten in huis hebt. Zeker niet als de familie van het bezoek ooit de rechtmatige eigenaar was van alles wat je nu bezit. Dus mogen ze nog eens en nog eens, en blijven ze hun vingertjes in de jampot steken tot hun gezicht, hun oren en hun haar onder de jam zitten en we allemaal moeten lachen.

Mila is de eerste die ophoudt met lachen. Om haar op te vrolijken vertel ik over de mango's in Cuba en hoe ze daar op Vastenavond op straat dansen.

'Dat geloof ik niet!' Ze trekt haar sjaal weer om zich heen. 'Op straat? De katholieken toch zeker niet.'

'Ze zijn allemaal katholiek. Maar stiekem.'

'Stiekem?'

'Ja, het mag niet van de Partij.'

'Ach, de Partij,' mompelt ze, en met haar teen trekt ze een streep op de vloer.

'Zo sprak Roderigo ook al over de Partij.'

'Wie is Roderigo?'

'Mijn vriend, een katholiek die met zijn broertjes en zusjes als kind in de steek werd gelaten door zijn vader, een slagwerker. Zijn moeder moest in de fabriek werken om ze eten te geven.'

'God hebbe haar ziel,' zei Frances. 'Dat klinkt als een aardige jongen.'

'Zijn huid was zo donker als chocolade, als al jouw sproeten bij elkaar.'

Frances' moeder gaat ineens recht overeind zitten. 'Maar kind toch, ken jij een zwarte man?'

Ik zwijg even.

'Hij is katholiek, net als jullie,' is het eerste wat in me opkomt.

'Wilden zijn het,' mompelt ze angstig. 'Menseneters.'

'Wat zijn dat, menseneters?' vraagt het jongste broertje van Frances.

'Negers. Zwartgeblakerd door de vlammen van de hel.'

'Verbrand?' gilt het jongetje.

'Ja, net zoals jij op de Dag des Oordeels, omdat je 's middags je erwten niet opeet,' zegt Mila boos.

'Ik lust geen erwten.'

'In de hel krijg je alleen maar erwten te eten,' dreigt ze. 'Hier krijg je ze maar twee keer per week, maar daar staan er elke dag erwten op het menu en word je zwartgeblakerd als steenkool.'

Zijn gezicht betrekt, hij begint bijna te huilen, zijn oudere broer springt erbovenop en kietelt hem terwijl hij roept: 'De verbrande man, de verbrande man komt eraan. Hij vliegt door het raam en verschroeit de gordijnen en hij eet jou als eerste op want jij bent lekker zoet, met al die jam op je kop.'

Mila slaat een kruisje bij de gedachte aan een verbrande man, en haar jongste zit onbedaarlijk te huilen. Ze krijgen hem niet meer stil, ook niet als Mila de pestkop een draai om de oren geeft en zijn excuses laat aanbieden.

'De verbrande man komt mij halen,' jammert het kleintje. 'De verbrande man komt en hij eet mij als eerste op met jam, met jam.' Hij zwijgt pas als hij weer in zijn bedje ligt met een fles in zijn mond.

'Kijk nou wat je gedaan hebt, met je stadse praatjes,' schampert Mila tegen mij.

'Het spijt me,' zeg ik.

Ze kijkt me aan met dezelfde blik die ik van Dika krijg als ze weet dat ik lieg.

Frances knikt onopvallend met haar hoofd naar de deur, ik sta op en neem afscheid.

'Dank je wel,' zeg ik. 'Ik moet weer even bij oma gaan kijken.'

'Jammer dat ze kinds is geworden,' zegt Mila triomfantelijk. 'Maar dat komt in jullie familie wel meer voor.'

'Dat krijg je ervan als je familie al vele generaties al het land in de omgeving bezit,' sla ik terug. 'Iedereen moet boeten voor wat hij bezit. Daarom zijn al jouw kinderen zo gezond. Behalve die ene die dood is, natuurlijk.'

Ze werpt me een vuile blik toe. Haar eerstgeborene was achterlijk en overleed nog voor zijn eerste verjaardag. Volgens de artsen kwam dat door de watervervuiling van de naburige fabriek. Maar de boeren zagen dat anders. Alle afwijkingen zijn de schuld van de moeder.

Frances duwt me naar de deur toe.

'Praat niet zo tegen mijn moeder,' fluistert ze.

'Zij begon.'

'Doet er niet toe. Het hoort niet, en straks verbiedt ze ons met jou om te gaan.'

'Dat zou vreselijk zijn. Zou ik het goed kunnen maken door zondag mee te gaan naar de mis?'

'Je maakt zeker een geintje?'

'Nee.'

'Moslims gaan niet naar de mis.'

'Ik wil best gaan, als haar dat milder stemt.'

'Nou ja, het kan geen kwaad, denk ik.'

We staan in de kille buitenlucht en ik vraag me af hoe vaak we nog zo'n intiem gesprek met elkaar kunnen voeren. De bruiloft is voor kerst gepland.

'Dus je vond het lekker als hij je aanraakte?' zegt ze.

'Hoe weet jij dat ik het lekker vond?'

'Dat weet ik.'

'Hoe dan?'

'Je lijkt zo anders.'

'Ik ben altijd al anders geweest.'

'Anders anders. Hoe was het?'

'Beter dan met mijn neef.'

We gaan allebei zachter praten. De nacht neemt snel bezit van de bergen en dempt de geluiden van de dag.

'Ik kan het me gewoon niet voorstellen,' zegt ze. 'Je neef? In iedere familie zit wel een rotte appel. Mijn oom is ook zo'n zwijn. Die zou zeker tot vreselijke dingen in staat zijn. Als de meisjes in zijn buurt zijn, zorg ik dat hij te dronken is om ze kwaad te doen.'

'Ik wou dat ik iedereen in mijn familie dronken kon voeren, zodat ze mij met rust lieten,' zeg ik.

'Ik kan je wel wat van vaders brandewijn geven,' zegt ze schertsend. 'Om in hun soep te doen. Alleen zou de brandewijn van dit jaar hun dood kunnen worden. Doordat het zoveel geregend heeft waren de pruimen veel te waterig, we hebben twee keer zo lang moeten stoken. Nu brandt het als de vlammen van de hel waar mama altijd de mond vol van heeft.'

'Des te beter,' zeg ik.

We lachen. Het duurt elke zomer een paar dagen voor we aan elkaar gewend zijn en elkaar bijgepraat hebben over wat we het afgelopen jaar hebben gedaan. Maar dit jaar is de oude vertrouwelijkheid meteen terug.

We gaan zwijgend zitten op de betonnen plaat bij het openstaande hek.

'Hoe heb je ervoor gezorgd dat je niet zwanger werd?' vraagt ze dan.

'Geen idee. Ik heb niks gedaan.'

'Meisjes moeten voorzichtig zijn. Jongens passen niet op. Je moet zorgen dat je uit de buurt van hun ding blijft. Als een jongen je met zijn ding ook maar ergens op je lichaam aanraakt, kun je zwanger worden. Dat zeiden de nonnen.'

'Wat weten de nonnen daar nou van?'

'Selma, en die weet zulke dingen, zei dat je vooral zo rond je navel heel erg moet oppassen. Daar worden baby's in je buik gevoed. Na de geboorte wordt het doorgesneden.'

'Ik had na mijn geboorte een korst op mijn navel,' weet ik ineens weer. 'Moeder zei dat het een maand heeft geduurd voordat die wond geheeld was.'

'Dan heb je vast pech gehad. Je moet zelfs niet onder een douche stappen waar net een man onder heeft gestaan. Daar kun je al zwanger van worden.'

'Degene die dat gezegd heeft, is niet goed wijs,' zeg ik. 'Je moet hun ding binnen in je hebben, tussen je benen, en dan moeten ze hun water op je eitjes spuiten.'

'Eitjes? Hebben mensen ook eieren?'

'Kleine eitjes.'

'Klein? Maar wij zijn veel groter dan kippen.'

'Dat is wel waar. Misschien zijn kippeneieren groter omdat die gelegd worden, terwijl wij geboren worden.'

'Misschien. Weet je wat ik ook gehoord heb? Dat er bij zigeuners meer kinderen in zitten. Elke keer als die een kind maken, krijgen ze er meteen twee of drie tegelijk. Hangt bij jou de vlag nog op tijd uit?'

'Welke vlag?'

'De rode vlag.'

Ik heb geen idee waar ze het over heeft en kijk haar angstig aan.

'Bloed je elke maand?' legt ze uit.

'Niet elke maand. Soms wel, maar het is bruin.'

'Jezus, dan zit je al in de penarie.'

'Wat moet ik doen?'

'Dat jij van alle zonden die een mens kan begaan nou juist weer de ergste uitkiest.' Ze is doodsbang. 'Wat heeft je toch bezield?'

'We weten niet zeker of ik zwanger ben.'

'Niet zeker? Jij gaat in een ver land een beetje met je eieren liggen rollebollen met een zwartgeblakerde vent die in zijn ding waarschijnlijk meer kinderen heeft dan de bruinste zigeuner, en jij denkt dat het niet zeker is?'

Nu raak ik in paniek.

'Wat moet ik doen?' zeg ik.

'Ik weet het ook niet. Ik heb wel horen zeggen dat als je boven een waterput op en neer springt, de baby eruit getrokken kan worden door de kracht van de put.'

'De waterput?'

'Ja, snel, snel. Spring op en neer met je benen wijd tot je niet meer kunt.'

En ik ren er in het schaarse maanlicht naartoe en vraag me af of dat bruine bloed betekent dat ik een kind in mijn buik heb. Mijn buik barst zowat van het brood en de cake van de bakker, opgezwollen van al die limonade. Ik kan de waterput nauwelijks zien. De bomen staan in bloei, ze hebben een vol bladerdak en de struiken groeien dicht op elkaar. Ik hoor geruis, gekraak van omgebogen takken, en krijg dan ineens een steek in mijn maag, als een kleine vuistslag, en er komt een stuk cake naar boven.

De wanden van de waterput steken hooguit vijftig centimeter boven de grond uit. Ik duw het deksel eraf en zie hoe de maan bibberende lijntjes tekent op het klotsende wateroppervlak. Koele lucht stroomt naar mijn gezicht.

'Roekoe,' zeg ik tegen het water.

'Oe-oe,' hoor ik terug.

Ik ga recht staan, spreid mijn benen en begin te springen. Ik probeer aan een liedje te denken, maar ik kan niet denken en springen tegelijk. Het brood en de limonade klotsen in mijn buik en ik word misselijk, maar ik blijf op en neer springen, en al snel baad ik in het zweet en heb ik zere voeten; de waterputten zijn hier gegraven in harde kleigrond die pijn doet aan mijn knieën. Er komt weer limonade met stukjes brood naar boven, ik geef over.

'Huppel en spring maar wat je wil, kleine sloerie,' hoor ik

oma's verzorgster achter me zeggen. 'Het zal je niet helpen.'

Haar slaapkamer kijkt uit op de waterput, ik zie haar silhouet. Haar familie is arm, maar het zijn wel moslims, ze waren vroeger geen lijfeigenen, daarom voelt ze zich verheven boven iedereen. Ze paradeert door het dorp en scheldt op de kinderen van de christenen: 'Kssst, smeerlappen, aan de kant met jullie varkenslucht.'

Ik zeg niks. Ik hoef niet met het arme personeel te praten als ik daar geen zin in heb.

'Moet je jou daar nou zien staan,' zegt ze honend. 'Ze sturen je terug naar waar je thuishoort, het vuil van de stad is nog niet van je schoenen geborsteld of je rent al naar de katholieken.'

Nu ben ik zo nijdig dat ik wel iets terugzeg. 'Dat zijn mijn vrienden.'

'Vrienden? Ze hebben meer moslims afgeslacht dan de Duitsers.'

'Zij niet.'

'Nog niet, nee.'

. . .

'Wat had al dat gedoe bij de waterput te betekenen?' vraagt ze bars zodra ik het huis binnenstap. Ze is dikker geworden en ik wed dat dat op onze kosten is.

'Wat voor gedoe?' vraag ik.

'Niet zo bijdehand, dame. Je weet best wat ik bedoel. En waar is die pot jam uit de kast gebleven?'

'Ik weet helemaal niet wat je bedoelt.' Ik kijk haar strak aan. 'En ik doe niet bijdehand. Ik ben juist heel dom. Oliedom. Zo dom dat ik vergeten ben waar we de chocola en de boter bewaren. Het lijkt wel of het op is. Misschien kun jij zeggen waar het staat, of even helpen zoeken, anders moet ik naar huis bellen om te zeggen dat ik het niet kan vinden. Als je tenminste klaar bent met je gezeur over dat "gedoe" bij de waterput.'

Ze is boos dat ik haar betrapt heb en ze klettert met oma's borden.

'Wat is er? Zijn het de Duitsers?' roept oma vanuit haar kamer.

'Niks, het is niks,' zegt haar verzorgster. 'Ik pak even wat te drinken voor je, schat.' En ze loopt naar oma's kamer met een glas melk. Vrienden zullen wij nooit worden, dat is wel duidelijk, maar voortaan laat ze me wel met rust.

. . .

Ik kan niet slapen. Ik moet denken aan Roderigo en Lupe en moeder en ik ga rechtop in bed zitten. Dan roept oma. Op de kamer van haar verzorgster blijft het stil. Ze roept nog eens. Smekend. Ik ga kijken wat er is. In haar kamer hangt een lucht van traag bederf, alsof alles wat zich hierbinnen bevindt al is gestopt met leven, het heeft opgegeven. Ik pak de versgeplukte kweeperen van de keukentafel en schuif die onder haar bed. Dan hangt hier morgenochtend weer een jeugdige geur. Ik duw ze helemaal naar achteren, tegen de muur, zodat haar verzorgster ze niet vindt en zelf opeet. De vorige zomer had Frances me al gewaarschuwd dat de verzorgster de naam had om te stelen. Toen had ik nog gelachen en gezegd dat er in het oude huis toch niks te stelen viel.

'Let goed op je oma,' had Frances gezegd. 'Ze is weer net een klein kind, God zegene haar onschuld. Zorg dat je erbij bent als ze gevoed wordt. De familie van dat mens deugt niet en iedereen weet het. We wilden je tantes hier nog over bellen, maar die vreselijke gauwdief wil ons het telefoonnummer niet geven.'

. . .

Moeder schrijft niet. Ze belt wel een paar keer, maar het is een heel eind lopen naar het dichtstbijzijnde huis met telefoon, en de buren zeggen gewoon dat ik er niet ben. Die respectabele dorpsvrouwen willen mij niet over de vloer hebben, niet in hun keuken zien. Zo'n meid die niet wil deugen houden ze liever ver van hun dochters, hun tapijt, hun zitkussens. De geruchten over de zwartgeblakerde man hebben de ronde gedaan. Ik ben nog voor mijn huwelijk beroerd, bezoedeld door een man, een buitenlander, een ongelovige. Het dorp treft maatregelen. Ik word in de ban gedaan. Stilzwijgend. Het wordt nooit uitgesproken, daar zijn mijn ooms en tantes te voornaam voor. Ik word gewoon nooit uitgenodigd voor de urenlange sessies waar ze roken en koffie drinken, en de vrouwen in kleermakerszit op de vloer luisteren naar de mannen die over politiek praten.

Ik kan alleen nog terecht bij de onaanzienlijke christenen.

Ik blijf monter onder die banvloek. Frances neemt me mee naar de mis en ik leer daar een mooi katholiek liedje, over de uitgestrektheid van de zee, en dat zing ik vervolgens elke dag als de verzorgster het kan horen. Ik voetbal en ga naar de film. Twee broers van Frances zijn verliefd op me. Dome en Zdeno, een tweeling. Onafscheidelijk. Toen Dome op de lagere school bleef zitten, weigerde Zdeno van hem gescheiden te worden en kregen ze hem niet naar de vierde klas. Hij klemde zich vast aan de deurpost en brulde net zo lang 'kom, Dome, kom', tot hij weer terug mocht naar de derde klas. Ik laat ze ruziën over wie mijn tas mag dragen, al kan het me niet echt veel schelen want ze zien er precies hetzelfde uit, donkerblond haar, slecht gebit, en een massa sproeten in hun gezicht.

De eerste avond dat een film draait, is altijd een beetje feestelijk. Er is maar één bioscoop en in de zomer draait daar elke week een andere film. Deze week is het Bruce Lee's *Enter the Dragon*. De jongens zeggen dat ze al hun hele leven op deze film hebben gewacht.

Ik ben meestal het enige meisje dat gaat. Ditmaal zegt Frances dat ze misschien ook het huis wel kan ontvluchten. Haar ouders hebben een nieuw vat brandewijn aangeslagen, zodat ze binnen de kortste keren van de wereld zullen zijn. Als het eenmaal zover is, kun je een kanon naast ze afschieten. Dan laat Frances Lachebekje op de kinderen passen. Er is genoeg suiker en brood om ze stil te krijgen als er eentje wakker wordt.

Ik moet nog even helpen met melken voordat we gaan. Als ik onder de koe zit, komt Frances de schuur in. Ze heeft een ernstig, officieel gezicht opgezet.

'Heb je op en neer gesprongen bij de waterput?' vraagt ze.

'Nou en of,' zeg ik. 'Die ouwe Allah werd er wakker van, en nu ben jij mijn enige vriendin hier.'

'Spot niet altijd zo met God.' Ze fronst ongeduldig. 'Je bent dus niet zwanger?'

'Nee.' Ik knijp hard in de speen en er druppelt wat melk uit.

'Ik moet je iets vertellen.'

'Wat? Mogen we niet naar de film?'

'Nee. Je moeder heeft een dodelijke ziekte in haar buik. Kanker.'

'Hoe weet jij dat?' Ik knijp harder, de koe huivert even.

'Iedereen weet het.'

'Heb je de kaartjes voor de film?' vraag ik.

'Ja,' fluistert ze.

'Mooi.'

· · ·

Voor de bioscoop staat een karretje waaruit zigeuners verse pompoenpitten en zonnebloempitten verkopen. Binnen staat nog steeds hetzelfde popcornapparaat als vorig jaar, het is te traag om de vraag bij te houden. Er staat een lange rij.

Dit jaar hebben ze ook een spannend nieuw product: roze suikerspin. Vroeger kenden de dorpelingen dat slechts uit de krant. Je kon het alleen krijgen in de grote stad en dan nog enkel op de dagen dat het circus kwam. De oude vrouwen staan vol ontzag naar dat vreemde apparaat te kijken. Wol spinnen kunnen ze als de beste; ze prevelen snel een gebedje bij de gedachte aan de luxe waarin deze uitvinding ontstaan moet zijn. Dat iemand rijk genoeg was om balen en balen kostbare suiker te smelten en uiteindelijk dit te realiseren, concludeert een van hen. Een wonder.

Het is duur, maar toch kopen de ouders een suikerspin voor hun kinderen, die ermee spelen en zwaardgevechten houden tot ze aan elkaar blijven plakken en het uitdraait op huilen, snotterige neuzen en vriendjes die 'ik haat je' tegen elkaar roepen, waarna een vaardige moederhand het roze kleinood weer lostrekt en de vrede herstelt.

Moeder heeft de mooiste handen, zeg ik bij mezelf.

. . .

Het is een goede film. Ik eet popcorn en pompoenpitten en zonnebloempitten en twee suikerspinnen en nog steeds heb ik honger, enorme honger, en ik ben bang voor kanker en wat het zal doen met mama's handen, en ik wou dat ik Bruce Lee was, die iedereen, goed en kwaad, uitschakelt met een keiharde trap, maar dat kan ik niet en ik eet nog meer popcorn, tot ik me een beetje rustiger voel.

Na afloop van de film loopt het hele dorp op en neer in de hoofdstraat, waar nu geen auto's in mogen. Mensen zijn van diep uit de bossen gekomen, van hoog in de bergen en de jachtgronden, om hier te paraderen in hun zondagse goed, met hun beste dieren en hun mooiste dochters. De jongens kijken. De meisjes houden de ogen zedig neergeslagen. Ouders maken afspraken. Huwelijken worden gearrangeerd.

Ik zie ze heen en weer lopen en wou dat ik een van hen was. Als moeder niet ziek was, vreselijk ziek, en met haar gezicht naar de muur lag, dan konden wij hier nu ook lopen, allebei pronkend en flanerend, op zoek naar een jongeman die het een eer zou vinden om een meisje van zo'n voorname familie te krijgen.

'Laten we ergens aardappelen gaan stelen,' zeg ik tegen de tweeling.

'Nee, veel te gevaarlijk,' waarschuwt Frances, boos dat ik dit voorstel.

'Dat is juist leuk,' zegt de tweeling.

Ik lig nog geen twee uur in bed als een lange tak tegen mijn kuiten stoot. Door de tralies in het raam staat Dome aan het voeteneinde van mijn bed te porren en hij fluistert: 'Opstaan, luie donder uit de stad, opstaan. De aardappelen van Stenek wachten op ons.'

'Wat?' Ik krijg mijn ogen nauwelijks open.

'We gaan de aardappelen van die ouwe vanavond jatten, met de hele club. Het was jouw idee. Als je niet meekomt, ben je een verrader.'

Ik gooi eerst mijn kleren naar buiten en schuif dan langs de middelste tralie, waar het net ietsje breder is, waar generaties kinderen doorheen zijn gekropen – en ik geef Dome een schop als hij zegt: 'Je zat bijna vast met je dikke reet.' Ik houd mijn gympen nog even in mijn hand als we onder het venster van oma's verzorgster door sluipen. Als we op een veilige afstand zijn, zo'n dertig meter van het huis, klappen Dome en ik met de handpalm tegen elkaar, zoals we beroemde basketballers op tv zien doen.

'Jij slaat net zo hard als een man,' zegt hij.

'Waarom hebben ze jou nog niet naar het leger gestuurd en voor de krijgsraad gesleept?' vraag ik.

'Nee, volgend jaar pas. Als ik m'n schooldiploma heb.'

'Voor het zover is ben jij al vijfentwintig.'

'Hier, pak aan.' Hij gooit me een jutezak toe. 'Jij mag ze verzamelen.' Ik prop de zak onder mijn hemd, vastbesloten om me niet als een echte trut uit de grote stad te gaan krabben, hoe erg de jute ook schuurt op mijn blote huid.

We steken de rivier over bij het licht van de witte maan, en het water is ijskoud en we lachen om Zdeno, die uitglijdt op een gladde steen omdat hij zo stom is om zijn schoenen niet uit te trekken en over te steken op zijn blote voeten, zodat hij beter kan voelen waar hij stapt.

'Krijg de tering,' vloekt hij terwijl hij zijn druipende gezicht afveegt. 'Liever nat dan dat ik met mijn blote voeten ineens op een slang of een bloedzuiger stap.'

Voor waterslangen ben ik niet bang. Ik weet dat die banger zijn voor ons dan wij voor hen. Maar van bloedzuigers moet ik niets hebben, ik loop snel door naar de overkant. Daar kruipen we snel onder het prikkeldraad door en beginnen naar aardappelen te wroeten.

'Sukkel,' roept Dome naar mij. 'Pak nou niet van die kleine harde waar je je tanden op stukbijt. Straks zie je er net zo uit als je oma.'

Ik weet dat hij het niet kwaad bedoelt. Hij kijkt naar me met dezelfde blik die Roderigo had. Ik weet dat ik hem alles kan laten doen wat ik wil, dus ik besluit dat hij degene is die straks de zak mag dragen.

Dan rolt over ons hoofd ineens een donderslag die harder is dan het hardste onweer in Cuba. Vloekend valt Dome naast me, plat op zijn buik.

'Stik, die ouwe slaapt nog niet. Godverdomme. Nu gaan we eraan, voor een paar van die klote-aardappelen die niet eens te vreten zijn.'

Weer een donderslag, en nu begrijp ik dat ouwe Stenek, die slecht slaapt en 's nachts vaak een ommetje maakt, op ons staat te schieten.

'Wegwezen!' beveelt Dome.

We rennen door de beek en zoeken een veilig heenkomen aan de overkant. Zdeno draagt de aardappelzak, kletsnat en ijskoud. En daar, onder een treurwilg, poffen we onze aardappelen, in een koeienvlaai onder gloeiende kolen. De koeienstront stinkt. Het vuur sist en rookt. Het idee om de aardappelen zo te poffen komt van hun oudste broer. Frances en ik kijken elkaar aan, we twijfelen of die broer ons misschien een loer heeft gedraaid. Maar dat durven we niet hardop te zeggen. Niemand durft met de tweeling ruzie te maken over hun oudste broer. Zelfs hun zus niet. Die broer woont nu illegaal in Duitsland, waar hij bij de rioleringsdienst van München werkt. Zo onderhoudt hij de familie. Dat beetje koeienstront aan de schil, die we er toch afpellen, weegt wel op tegen het respect dat deze hardwerkende kostwinner verdient.

Een tiental jaren later zou Dome overlijden aan een akelige vorm van kanker, net als moeder. Zdeno werd bakkersjongen. Tijdens de oorlog voerde hij het bevel bij een massamoord op moslimmannen die tot diep in de nacht duurde, net als ons aardappelavontuur; donker en koud, hoog in de bergen, tot geen moslim meer in leven was. Hun oudste broer kwam uit Duitsland terug om dienst te nemen in het Kroatische leger. Hij sneuvelde binnen een week. Die nacht kon geen van ons nog vermoeden wat ons te wachten stond, toen we daar zaten te vloeken dat het zo koud was, onze klamme kleren van onze huid plukten en de in stront gepofte aardappels naar binnen werkten. Die nacht zaten christenen en moslims simpelweg samen rond het vuur.

· · ·

De politie klopt bij mij aan. De ouwe Stenek wil dat er iemand bloedt voor de aangerichte schade en ik ben het makkelijkste slachtoffer. Toch hebben de agenten niet veel zin om mij aan te houden. Ze weten wie mijn oom is. De oudste van de twee is al achter in de zestig en bang bij mij in de buurt te komen.

'Ga maar achterin zitten,' zegt hij. 'Je hoeft geen boeien om.'

De jongste heeft een lange snor, die tot onder zijn kin komt en aan beide uiteinden weer omhoogkrult. Die snor en het litteken onder zijn rechteroog draagt hij als een onderscheiding. Trots. Ik ben verbaasd dat hij hem niet moet afscheren. Hij kijkt me langer aan dan nodig is.

'Je moet mee naar het bureau,' zegt hij tegen de plek waar mijn jurk openstaat.

'Mag ik jullie sirene eens aanzetten?' vraag ik.

Loeiend rijden we door de velden. Koeien die in een wagen worden geladen schrikken en de boeren kijken ons boos na, maar wij vertegenwoordigen de wet, dus ze beginnen er niks tegen. De oudste agent houdt zijn pet stevig vast en zegt tegen zijn collega dat hij langzamer moet rijden, nu meteen. Als hij zich graag wil doodrijden met die losgeslagen meid achterin, prima, maar dan moet hij hem eerst laten uitstappen.

'Met alle plezier,' zegt de ander. 'Waar wil je heen?' vraagt hij mij.

'Moet ik niet mee naar het bureau?'

'Als je braaf bent niet.'

Ik laat hem bij me liggen om niet gearresteerd te worden.

Ik laat hem op me klimmen, tussen mijn benen, zijn uniform ruikt net als de muffe kleren van vader, maar ik doe dat niet uit angst voor de gevangenis. Ik laat mezelf zo nemen, achter het metalen gaas dat de wetsdienaren afschermt van de misdadigers achterin, omdat het gewicht van deze grote, vreemde man me even het geheim doet vergeten dat in moeders buik schuilt.

Hij is ruw, niet vertrouwd met een vrouwenlichaam. Ik denk dat ik zijn eerste ben, zodat ik in zijn gedachten al zijn vrouw ben. Ik hoop dat ik niet op hem moet overgeven, hij is zo zwaar, maar hij is snel klaar en dan kan ik weer ademhalen.

'Wat ben je mooi,' zegt hij tegen me, 'mijn prinsesje uit de grote stad, uit een grote familie. Ik hou je bij me, voor altijd.'

En nu komt hij elke dag langs, en ik ben hem zat, de chocolaatjes, de citroenen en sinaasappelen die hij meebrengt. Zijn plannen. Al die plannen van hem. Zijn grapjes voor oma. Zijn minachting voor mijn vrienden. Zijn complimenten aan het adres van de verzorgster, die een oogje op hem heeft. Hij wil een huis, eentje waarvan hij de fundering met eigen handen heeft gelegd. Met bomen eromheen. En nog wat zaken waar ik niks over wil horen. Het haar op zijn borst is dun en steil, en ik mis de manier waarop Roderigo's krulletjes bleven steken in de stof van mijn shirt.

'Ik heb een bijzonder cadeautje voor je,' fluistert hij na een week, en hij laat me weer in de politieauto plaatsnemen. We volgen de kronkelige weg bergopwaarts, naar de begraafplaats.

'Wat gaan we doen?' vraag ik.

Ik ben nog nooit midden in de nacht op de begraafplaats geweest, ik ben bloednerveus. Er is een open plek met wat strak gesnoeide struiken. Hij knielt voor een ronde grafsteen, haalt zijn pistool te voorschijn en kust het marmer.

'Hallo,' zegt hij.

Dat idiote gepraat tegen iemand die al dood en begraven is wordt me te veel, ik sla mijn armen om hem heen en trek hem weg.

'Toe, Samir, ik wil weg.'

'Nee.' Hij trekt me omlaag. 'Ik wil respect voor het graf van mijn vader.'

De harde grond schuurt tegen mijn schenen.

Hij kust de steen weer en vuurt boven het graf zijn pistool af, zodat in de lichtflits even het portret te zien is van een man met donker haar en een strenge snor en wenkbrauwen.

'Zij is de ware,' schreeuwt hij tegen de geschrokken berg.

. . .

Dat hij een politieagent was met niet meer dan middelbare school, zou voor de familie al genoeg zijn geweest om hem af te keuren. Maar dat hij de kleinzoon was van een knecht, een van onze eigen knechten nota bene, dat was een onvoorstelbare schande. Ze zouden dat nooit openlijk toegeven, omdat het indruiste tegen de partijlijn. Maar terwijl mijn tantes harmoniumles kregen en leerden walsen, was dat knechtenvolk bezig om melk tot boter te karnen.

Toch begon niemand daarover. Alle minpunten konden worden vergeven en vergeten, als het betekende dat ze van me af waren. Maar toen zijn moeder kwam vragen of ik met hem wilde trouwen, lachte ik haar uit en zei: 'Ik ben nog geen zestien, ik zit nog op school.' Die afwijzing maakte hem zo woedend dat hij de auto van mijn neef vernielde, ergens een schuur in brand stak en gearresteerd werd. Tot kilometers in de omtrek ging mijn naam over de tong.

Dat was te erg voor woorden. Nu was ik een gevaar voor de familie. Weg met haar, laat hij haar maar temmen, maakt niet uit hoe. De familie zette moeder onder druk om in te stemmen met een huwelijk, aangezien ik nog niet oud genoeg was om zonder toestemming te trouwen. Maar ze weigerde. De telefoon bij de buren stond geen moment meer stil. Iedereen belde om te zeggen: 'Laat hij haar dan maar meenemen zonder de juiste papieren.'

De schande was compleet en allesverwoestend. Iedereen deelde erin. Het dorpje ging eronder gebukt als onder de Turkse invasie, of toch minstens een hondsdolle wasbeer of hond. Alleen was dit nog veel erger, want nu zaten ze met een zedeloze vrouw opgescheept.

De brave dochters werden weggezonden, ver weg van die vuile half-Servische hoer, met die onverzadigbare lust tussen haar geile benen. Vier brave moslimmeisjes werden achter in een auto gezet en naar het station gereden, om hun onschuld te redden. Ondertussen zat oom een etmaal in de auto om deze onverkwikkelijke zaak te komen oplossen.

Hij komt de kamer in waar ik word vastgehouden en fluistert iets in het oor van de verzorgster. Ze knikt en verdwijnt naar oma's kamer.

Eerst geef hij me een klap in mijn gezicht.

'Je trouwt met hem.'

'Nee.'

'Als hij goed genoeg is om over je heen te gaan dan is-ie ook goed genoeg om voor je te zorgen, vuile slet.'

'Jij trouwt ook niet met elke meid waar je overheen gaat.'

Dan gebruikt hij zijn vuist. Ik proef warm bloed in mijn mond en spuug op de vloer.

'Veeg op.'

Hij duwt mijn hoofd op de vloer en wrijft mijn gezicht erin. Ik vind het niet erg. Alles is beter dan in je eentje op een kamer zitten en niemand hebben om mee te praten. Dan pakt hij me tussen mijn benen, zo hard als hij kan, en knijpt alsof hij een vaatdoekje uitwringt.

'Nou moet jij eens goed luisteren, jij vieze vuile slet. Als jij het nog één keer waagt, één keer maar, om deze familie te schande te maken of mijn arme neef problemen te bezorgen, dan laat ik je opsluiten in het opvoedingsgesticht voor jeugdige delinquenten. Waar ze de gekken stoppen.'

Ik heb gehoord hoe het er in die instellingen aan toe gaat. Ik heb gehoord over de verkrachtingen, de deuren waar geen slot op zit, zodat de mannelijke bewakers overal binnen kunnen lopen om met de meisjes te doen wat ze willen, en de meisjes moeten hen laten begaan omdat ze anders geen eten krijgen. Zijn ogen fonkelen. Ik zie dat hij er ook over heeft gehoord. Het windt hem op.

Ik zak ineen op de vloer, verslagen. Als ik moet trouwen om aan het heropvoedingsgesticht te ontkomen, dan trouw ik. Mijn oom kraait victorie, voor hem is de overwinning nog groter dan die op de Duitsers.

Moeder redt me. Zij wil van geen huwelijk weten. Ze is onvermurwbaar. 'Haal mijn dochter terug.' Als moeder er niet was geweest, had ik mezelf van kant gemaakt.

Vier dagen later word ik op de vroegste bus terug naar huis gezet. Frances en Lachebekje komen stiekem naar het station om afscheid te nemen.

Met tranen in de ogen zegt Frances: 'De volgende keer dat je hier komt, ben ik getrouwd en begraven.' Ik moet lachen.

'Maak je geen zorgen,' zeg ik. 'Ik vind je wel, die bakker kan je niet verborgen houden. Zelfs al ben je zo wit van het meel als zo'n antiek standbeeld uit het Vaticaan, waar alleen de heilige ogen van de paus naar mogen kijken.'

'Je familie heeft gelijk,' zegt ze als ik over de paus begin, en ze slaat een kruisje. 'Waarom moet je met je vuile mond de naam van de heilige vader nou weer bezoedelen?'

'Met mijn mond kan ik hem wel iets minder heilig maken, hoor,' zeg ik. 'Misschien kan hij dan bakker worden.'

Lachebekje begrijpt wel wat ik zeg en staart naar haar zus om te zien hoe die het opvat.

Frances snuift en doet alsof ze boos is. 'Ik zal je niet missen in de hemel.' Ik druk haar tegen me aan, en tot diep in mijn borst dringt een merkwaardige kou door. Ik weet dat ik haar nooit meer zal zien.

'Nee, jij krijgt een plaatsje in de hel, naast mij. Zorg goed voor die kinderen,' fluister ik. 'Ze weten niks.'

Ditmaal is het geen luxe lijnvlucht, zoals bij de terugkeer uit Cuba. Ik ga met de bus en moet tweemaal overstappen, ik zit in bussen volgepakt met mensen op weg naar de markt. Ze vragen naar mijn naam, naar mijn leven. Ik vertel verhalen. Over

Fidel die op mijn moeder viel. Ze weten niet wie Fidel is. Ik zeg dat hij de held van de communistische revolutie is in een tropisch land, waar je door je raam buiten tientallen bontgekleurde duiven ziet. Magisch. Ik maak vliegbewegingen met mijn armen. Het soort oerwoudvogels dat wij hier alleen op tv zien, in een uit Engeland geïmporteerd natuurprogramma dat *Survival* heet. Ik zeg dat ik een chocoladebruine katholieke vriend heb gehad wiens vader slagwerker was, en een politieagent die met me wou trouwen.

Een vrouw tegenover me is een sjaal aan het breien die identiek is aan de sjaal om haar schouders. Ze heeft maar drie vingers, maar die zijn zo behendig dat ze het werk van vijf kunnen doen, zegt ze. Ze zit steeds naar me te kijken en trekt haar uitgestrekte benen ineens in, weg van de mijne. Bang om me aan te raken, besef ik. Bang dat mijn verhalen echt waar zijn.

'Als je rijk genoeg bent om naar Cuba te vliegen, waarom zit je nu dan in deze lokale rotbus, op deze kronkelweg door de verlaten Bosnische bergen?' vraagt ze. 'Waarom zit je niet in de trein?'

'Weet ik niet,' zeg ik.

'Je moet ergens iets verkeerd gedaan hebben.'

· · ·

Moeder ligt op de longafdeling. Ik krijg te horen dat ze een virus in de longen heeft en dat haar haar is uitgevallen omdat ze heel hoge koorts heeft gehad.

'Bij zo'n hoge koorts,' zegt tante Dika, 'moet je de hersenen beschermen door ijs op je hoofd te wrijven, en daar gaat je haar dood van.'

Ik ga op bezoek, maar ze is in een diepe slaap verzonken, net zoals oom als hij gedronken heeft. Het ziekenhuis ruikt nog akeliger dan de kamer van oma, ik ben kwaad dat moeder hier ligt te slapen op een stinkende kamer en dat ik geen kweeperen onder haar bed kan schuiven om de boel op te frissen. Er ligt maar één andere vrouw op de kamer. Zij heeft een longziekte die ze de sponsziekte noemt. Haar longen verliezen hun vocht en veranderen in uitgedroogde sponzen, zegt ze, als gevolg van de hongersnood en de tyfus tijdens de oorlog.

'Dat is echt funest voor je lichaam,' zegt ze. 'Hongersnood. Zorg maar dat je moeder iets eet. Ze pompen puur vergif in haar aderen, ze moet goed eten.'

Moeder opent haar ogen en glimlacht.

'Word je weer beter?' vraag ik.

'Ja.'

'Een meisje vertelde me dat je kanker hebt.'

'Welk meisje?' vraagt ze en ze doet haar ogen dicht.

Ik geef geen antwoord.

'Heb je trek?' vraag ik.

Ze zegt niks meer.

Ik zit op haar bed en ik wou dat ik dood was, of op zijn minst dronken van de medicijnen zoals moeder, of van de brandewijn zoals oom, of zelfs zoals die vieze oom die Frances dronken voert als er meisjes in de buurt zijn. En ik neem een paar slokjes van de alcohol die Dika gebruikt om moeder in te wrijven als de koorts gevaarlijk stijgt. Het brandt in mijn keel en ik voel dat ik moet overgeven, maar in mijn lichaam verspreidt zich een weldadige warmte.

. . .

Het is eind september, de school is weer begonnen. Elke ochtend stop ik mijn schooltas vol en ga naar de bar waar ik die soldaat had ontmoet toen ik was weggelopen van vader bij de skelters. Daar ga ik op de stoep zitten en wacht tot iemand me aanspreekt. Op sommige ochtenden loopt iedereen langs zonder een woord te zeggen. De barkeeper opent de zaak om tien uur. Meestal ben ik er al eerder. Dan loopt hij rustig langs me, trekt het rolluik op, zet de tafeltjes buiten; soms geeft hij me een cola en twee suikerklontjes. Ik bedank hem en ga aan een tafeltje zitten en speel met de kwastjes van het tafelkleedje. Dan vraagt hij waar mijn ouders zijn en of ik geen thuis heb. Ik zeg van wel, dat mijn vader ambassadeur is en mijn moeder professor, dat we net hierheen zijn verhuisd en dat ik pas in het tweede semester met school begin omdat we helemaal uit Cuba komen, waar de klok ondersteboven staat omdat dat warme eiland midden op de aardbol zit en geen seizoenen kent, zodat het schooljaar daar heel anders loopt.

'Grote mond,' zegt hij, en hij geeft me geen cola meer. Iedereen heeft een hekel aan leugenaars.

Dan belt de rector, Dika neemt op. Dat die meid nog niet op school geweest is, nog niet één keer, en of de familie dan niet weet dat zij aansprakelijk zijn voor wat hun minderjarige kind doet? Wie weet wat ze allemaal uitspookt in de tijd dat ze eigenlijk in de klas moet zitten.

Dika hangt op en belt mijn vader. Hij hangt op en twintig minuten later zitten ze mijn laden overhoop te halen. Het is de eerste keer dat ik ze samen bezig zie, mijn tante de oorlogsheldin en mijn hoogopgeleide vader met zijn hagelwitte tanden, zij aan zij in mijn slaapkamer in de weer met het papier, de potloden, shirts en linialen.

'Je bent niet naar school geweest,' zeggen ze in koor.

'Wel waar,' zeg ik.

'Waarom toch?' gaat vader door.

'Waarom wat?'

'Sasja!' Hij loopt op me af.

'Wat?' zeg ik weer, en ik verwacht al een vuistslag.

'Je gaat met mij mee naar Griekenland,' zegt hij.

'Maar ik kom net terug uit Bosnië.'

Ik zie aan het gezicht van tante Dika dat ik geen keus heb. De hele familie is het hierover eens. Ik ga op bed zitten en wacht tot zij klaar zijn met het uitzoeken van de spullen die ik nodig zal hebben in mijn nieuwe leven. Alweer.

Deel twee

6

Athene is de lelijkste stad die ik ooit heb gezien. Complete gezinnen, grote gezinnen, hokken samen in vierkante blokkendozen van hooguit zeven verdiepingen. Zo luidt de wet: het uitzicht op de Akropolis mag niet worden belemmerd. Een rare wet. Het stadscentrum, waar dat beroemde monument staat, is kilometers ver weg. Met het blote oog niet te zien.

Kleine, gedrongen vrouwtjes met vermoeide gezichten en mannen die de indruk wekken dat ze nergens heen gaan, behalve als ze met zijn drieën of vieren tegelijk op een brommertje rijden, lachend en elkaar aanstotend, terwijl de wind aan hun shirt rukt. De straten zijn grijs en smal.

Vader is heel trots op de buurt waar we gaan wonen. Glyfada. Vlak bij zee.

'Hier wonen mensen die geslaagd zijn in het leven,' zegt hij. Ik weet niet precies wat geslaagd zijn betekent, behalve dat je een marmeren vloer hebt en een terras met groene planten, iets waar hij jarenlang hard voor gewerkt en gespaard heeft, zichzelf allerlei dingen ontzegd heeft, zodat we nu tussen de elite kunnen wonen. We hebben nog geen meubels en we slapen op strandmatjes, maar dat komt volgend jaar wel, belooft hij, volgend jaar, voorlopig kunnen we wel even toe met strandmatjes.

'We hebben die marmeren vloer, god nog aan toe,' zegt hij. 'Moet je die prachtige weelderige lijnen in het marmer toch eens zien.'

Hij heeft een nieuwe vriendin. Dona Stratos. Ze is niet zo mooi als de moeder van mijn halfbroer, maar haar vader bezit een tabaksbedrijf en dat maakt haar de mooiste.

In Glyfada wonen overwegend Amerikaanse soldaten, rijke Arabieren en een paar Grieken. Ik zit samen met hun kinderen op school. De school wil me eerst niet zomaar toelaten omdat het niet helemaal volgens het boekje gaat, maar vaders nieuwe vriendin doet een royale donatie voor de nieuwe gymzaal en ineens is de secretaresse met haar opgemaakte ogen een en al vriendelijkheid en wisselt ze blikken van verstandhouding met mijn vader. De rector drukt hem stevig de hand.

'Welkom op de American Community School.' Zijn rode huid puilt over zijn kraag en zijn adem ruikt naar vet Grieks fetagebak.

'Luister,' zegt vader tegen me, en hij geeft me een handvol kleurige biljetten. 'Ga wat kleren kopen. En bedenk goed wat voor indruk je wilt maken. Je bent een meisje uit een huis met een marmeren vloer. Dit kan een totaal nieuwe kans zijn om iets van jezelf te maken.'

Ik dwaal door de talrijke kledingwinkels in onze dure buurt, maar de lege, platte, opgehangen kleren bevallen me niet. Ik volg de hoofdweg en de huizen worden kleiner, de marmeren portieken krimpen, de tuinen verschrompelen, de auto's worden ouder, ik zie steeds meer mensen op straat, en elke keer als je vijfhonderd meter verder bent staan de gezichten nog vermoeider en zijn de voedselprijzen lager.

Op een markt verkopen Griekse boeren vers vlees en kaas, groenten die verlept zijn in de hitte, make-up, en zelfs meubels en spullen van de legerdump. Ik zoek een lange, strakke, donkerpaarse jurk met kleine schouderbandjes en een paar metallic blauwe schoenen met hoge hakken uit en onderhandel net zolang over de prijs tot de verkoopster toegeeft. Ik wil haar nog bijna vertellen dat ik zigeunerbloed in me heb, maar ze zit alweer aan haar sigaret te lurken. Ik kleed me om achter een vrachtwagen en gooi het T-shirt en de rok die ik aan had weg.

Op de hoek is een bloemenwinkel. Ik wil een bloem voor in mijn haar, zoals ik ooit eens heb gezien in een Indiase musicalfilm. Het meisje leek op mij; een jongen werd verliefd op haar en vroeg haar ten huwelijk. Ik ga naar binnen en vraag of de droogbloemen voor begrafenisboeketten en kerststukjes te koop zijn.

'Wilt u zelf een stuk samenstellen?' vraagt de ernstige winkelier in het Engels.

'Ja.'

'Hoeveel bloemen heeft u nodig?'

'Eentje.'

Hij wil me al gaan afblaffen of de winkel uit gooien, maar dan kijkt hij nog eens goed, zijn blik glijdt over mijn lichaam en hij kijkt door mijn jurk heen. Het bevalt hem wel.

'Dat kan,' zegt hij.

'Voor in mijn haar,' zeg ik.

Ik heb mijn onderarmen niet geschoren en ik zie dat het contrast van die haartjes tegen de paarse stof hem bevalt. Elke keer als hij lacht, kreukelt zijn kale kop nog verder. Hij geeft me een rode bloem.

'Gratis voor een mooie meid,' zegt hij, en hij strijkt met zijn vinger over het haar op mijn onderarm.

Zodra ik buiten sta, smijt ik de bloem in de goot.

· · ·

Op school is het stil als ik te laat kom voor mijn eerste les. Ik ga zitten en kijk niemand aan. In de eerste pauze blijf ik in de buurt van mijn lokaal en wacht af wat mijn klasgenoten te zeggen hebben. Ik heb nog nooit een Amerikaan gezien. Er is een dik meisje met metalen sterretjes op haar tanden. Ze noemt dat een beugel en ze pocht dat ze *E.T.*, wat een film is, al twintig keer heeft gezien, en dat zij wel zou willen neuken met Han Solo. Dat is geen echt mens maar iemand uit een sciencefictionfilm.

Ik begrijp er niets van. Niets van het bruine paardenvoer dat ze 's ochtends bij het ontbijt uit een soepkom oplepelen, niets van de droge Griekse hitte. Niets. In de middagpauze zoek ik iets om me aan vast te klampen. En dan zie ik een meisje. Een schoonheid, een bron van troost. Smalle katachtige neus, maanvormig gezicht. Ze komt loom binnengeslenterd, zelfverzekerd. Ze praat met niemand. Ze heeft glittertjes op haar oogleden en ik zie al dat ze verder is gegaan dan ik, dat ze meer weet: hoe je jezelf in de nesten werkt zonder dat iemand het merkt, hoe je moet voorkomen dat je zwanger wordt. Ik vergaap me aan haar gezicht. Groene ogen, zwart haar, lange neus, scherpe, enigszins uit elkaar staande tanden.

Ze gaat in haar eentje in de hoek zitten. Gebiologeerd kijk ik hoe de stoel tegen haar blote benen aanwrijft. Ik loop met mijn dienblad, waar alleen een plastic lepeltje op ligt, naar haar toe en ga tegenover haar zitten. De brave jongens lopen ons voorbij en werpen steelse blikken op ons. Ze negeert hen.

'Eet je niks?' vraagt ze.

'Ben je gek,' zeg ik.

'Waar kom jij vandaan?' Ze kijkt aandachtig naar mijn gezicht.

'Een hel waar jij nog nooit van gehoord hebt.'

'Wat praat je gek.'

'Zo praten ze in de hel.'

'Leuke schoenen,' zegt ze tegen me.

'Je mag ze wel lenen, hoor.'

· · ·

Len Olivia Fallon. Mijn ravenzwarte engel. Haar moeder is een Griekse, haar vader een Amerikaan. Die verbintenis zou nooit geaccepteerd zijn door de gesloten gemeenschap waar haar moeder uit voortkomt, die niets van gemengde huwelijken moest hebben, maar die lange kerel met zijn goudbruine Californische huid en blauwe ogen had zich voorgedaan als een rijk man. Enkele weken na de bruiloft was de buik van de bruid al onfatsoenlijk groot en viel de broze reputatie van het fatsoenlijke echtpaar in duigen. Toen verdween ook het geld, of het bleek er nooit te zijn geweest, allemaal leugens, en de tantes deden het pasgetrouwde stel laatdunkend af als een stel katholieke konijnen, ook al is de vader van Len doopsgezind.

'Wat is dat, doopsgezind?'

'Christenen die hun hoofd even onderdompelen in de rivier.'

'Waarom heten ze dan niet watergezind?'

'Je lijkt wel een klein kind, met je stomme vragen,' schampert ze.

Ik wil geen kind zijn. Kinderen zijn vervelend, zegt ze. Ze houdt niet van kinderen, en ik wil dat ze mij aardig vindt. Ik wil dat ze me meeneemt naar de plaatsen waar ze wel eens over praat. Waar het allemaal gebeurt. Dat is een voorrecht dat ik moet verdienen. Ik ben vastbesloten om dat te doen. Ik zal alles doen wat ze van me vraagt. De kleren dragen die zij vindt dat ik moet dragen, dansen zoals zij zegt dat het moet. Ik zal moedig zijn. Ik hou van haar. In de bioscoop buig ik me naar haar toe en raak haar zoveel mogelijk aan, tot ze zegt dat ik niet zo moet zitten zenuwpezen en gewoon stil moet zitten.

In het begin probeerde ik de lessen nog te volgen, ik wist zelfs op welke verdieping ik moest zijn. Dan liep ik met een schooltas de trap op en probeerde erbij te horen, probeerde alles te volgen. Maar het spatte uit elkaar. Elke keer als ik mijn schrift opendeed, of een lesboek, zag ik moeders gezicht voor me. 'Kom naar huis,' zei ze tegen me. 'Kom terug, liefje.' Ze riep om hulp. Wees een lieve meid, eet je bord nooit helemaal leeg, een echte dame eet als een vogeltje. Wees lief, wees slank, wees lieftallig.

'Dit moet je eens proberen.'

Len geeft me wat groene blaadjes, strak ingepakt in zo'n plastic zakje waar je boterhammen in doet. We zitten in het appartement van haar vader. Haar ouders zijn gescheiden en de familie van haar moeder heeft Len naar haar vader gestuurd toen ze erachter kwamen dat ze geen maagd meer is.

'Wat is dat?' vraag ik.

'Doe niet zo achterlijk,' blaft ze.

Ik rook het, het brandt in mijn keel, maar daarna voel ik me wel lekker, giechelig en mal maar ook dapper en sterk en mooi, en dan beginnen mijn heupen vuil te draaien en ben ik groot en lang. Len blaast de rook van haar joint in mijn mond en het voelt bijna als zoenen, ik sta bijna tegen haar aan en ruik haar, moeder is niet in de kamer, nu is er niets meer wat vervelend is, marihuana is het heerlijkste wat er in de wereld bestaat.

'Je kunt je de hele tijd zo voelen,' zegt ze.

'Hoe dan?'

'Denk je dat je het aandurft?' Ze komt nog dichter bij me staan en bijt in mijn huid met haar messcherpe tanden, haar maanvormige gezicht straalt me tegemoet.

'Ik durf alles,' zeg ik.

. . .

Drugs verkopen was toen kinderspel. We waren jonge blanke meisjes. Geen moment was ik bang om in de boeien geslagen te worden. Ik dacht althans dat er altijd wel een manier was om mezelf uit eventuele problemen te redden. Ik liep lachend rond met zakjes hasj in mijn beha of tussen mijn benen. Ik was dronken en totaal van de wereld, ik had geen benul. Met een brede glimlach liep ik rond in Piraeus, de grootste drugsdoorvoerhaven aan de Middellandse Zee. Eén keer stopte er een politiewagen naast me, ze vroegen wat ik daar deed. Ik zei dat ik bij een vriendin langsging en ze boden me een lift aan. Griekse politieauto's bleken anders te ruiken dan Bosnische. We reden in een kringetje tot ik zei dat ik vergeten was waar mijn vriendin woonde en toen zetten ze me af op de plek waar ze me hadden opgepikt, op de grote straat midden in die haven barstensvol bedwelmende middelen uit verre oorden.

Vader is allang blij dat ik niet meer om geld vraag en nooit thuis eet. Hij vraagt niet waar ik heen ga. Soms zie ik hem 's ochtends als hij zich staat te scheren, en dan doe ik alsof ik het huis insluip, en hij doet alsof hij niet hoort dat ik net ben thuisgekomen, en zo houden we de schijn op en leven we langs elkaar heen.

Len en ik gaan zonnen op het strand, laten ons door domme Griekse mannen trakteren op wijn en bier en whisky, oesters en kreeft, en als we alleen met ze zijn doe ik wat Len doet, ik doe alles wat zij wil. We hebben er rare naampjes voor, op de doos zitten, wegkruipen in de doos, de doos laten springen, en ik geef al het geld aan haar, ik laat haar de lakens uitdelen, en als zij lacht zie ik moeder lachen en trots naar me kijken en ben ik eindelijk gelukkig.

7

Als het winter wordt, slaat alles hier ineens om. Dit zonne-
volkje is alles over de winter helemaal vergeten, de bijtende
wind vervult hen nu met afgrijzen. De mensen kruipen tegen
elkaar aan als ze staan te wachten op de bus, die rustig te laat
komt alsof het nog gewoon lekker warm is. Ze klagen dat het
land naar zijn mallemoer gaat vanwege een vleugje noorden-
wind en kijken met bevreemding naar mijn blote ledematen en
blote voeten, die nog genieten van de frisse lucht.

Michaly is de dealer. Hij is de vriend van Len en hij denkt
dat ik twintig ben. 'Je bent oogverblindend mooi,' zegt hij elke keer als ik hem zie, en vervolgens gaat hij een beetje schuin
zitten zodat hij tussen mijn benen of in mijn shirt kan gluren.

Hij geeft ons een blok hasj dat we moeten afleveren bij een
Birmese diplomaat in de stad. Len zegt dat we een stukje voor
onszelf moeten achterhouden.

We hebben nog een paar uur de tijd voor we erheen moe-
ten en Len zegt dat ze trek heeft. Ze wil niet van dat stomme
Griekse voedsel, ze wil alleen Amerikaans eten. Ik bied aan om
Amerikaanse spaghetti te maken.

'Wat is dat, Amerikaanse spaghetti?' vraagt ze.

'Met ketchup en feta.'

Vader is niet thuis. Die is de hort op met zijn rijke vriendin
die zo van hem houdt. En hij van haar. Hij rent altijd halsoverkop het huis uit als zij in haar dure Duitse auto zit te toe-
teren, hij zegt nooit of en wanneer hij weer terugkomt.

Het deksel van de pan met kokend water ratelt en ik sta te
dansen op het ritme van een liedje op de radio. Len probeert
een beetje hasj van het blok te schaven zonder dat het zicht-

baar is. Birmees of niet, zo stom zal die diplomaat niet zijn. De voordeur gaat open en vader komt binnen. Hij kijkt naar me met zijn gebruikelijke ongeïnteresseerde blik. In paniek pak ik het blok hasj en gooi het in de borrelende ketchup. Len verbleekt. Ik duw hard met een spatel op het blok tot het begint te smelten.

Dan ziet vader Len. Zijn blik glijdt langzaam over haar lichaam, met ontluikende belangstelling. Ik ken die blik. Een gevoel van ontzag dat over het gezicht van een man trekt, alleen bij speciale meisjes zoals Len of moeder, ranke schoonheden met een delicaat figuur, geen nadrukkelijke welvingen aan voor- of achterkant, niks om een man te prikkelen, niks wat ze onrustig maakt en doet blaffen zoals ze doen wanneer ik langsloop. Een dergelijke matiging van vorm bewonderen ze in stilte, zoals vader nu doet. En het is met Len net zoals bij moeder: mannen willen haar behagen, dingen vóór haar doen, niet mét haar.

'Ben jij een schoolvriendin van Sasja?' vraagt hij.

'Ja.'

'Wil je wat koude limonade?'

'Graag.'

Ik kook van woede. Het enige wat ik ooit van hem te horen krijg is dat ik niet zoveel pitabrood moet eten, dat ik daar later spijt van krijg als ik eenmaal te dik ben. Hij schuift zijn stoel vlak bij die van Len. Sinds ik heb geweigerd mijn haar te blonderen, blijft hij zo ver mogelijk bij me uit de buurt. In winkels doet hij alsof ik niet bij hem hoor. Op het strand loopt hij geleidelijk steeds verder van me weg, terwijl hij doet alsof hij met zijn tenen met de kiezels speelt. Ik weet dat hij het tegendeel is van zo'n trotse vader die naast zijn mooie dochter gaat zitten en laat merken dat zij van hem is, om andere mannen af te schrikken, al die slechte mannen met boze bedoelingen.

Ik heb niet zo'n aristocratische uitstraling. Ik ben niet blond. Ik herinner hem juist aan zijn donkere zigeunervoorouders, de afranselingen van zijn vader, dingen die hij wil vergeten. De tranen borrelen zachtjes in mijn binnenste, ze verstikken me, en het getjilp van de vogels buiten klinkt spottend: 'Je vader geeft geen zier om jou, helemaal geen zier om die waardeloze meid.'

'Wil je wat pasta, papa?' vraag ik.

Hij gaat te zeer op in Lens blanke huid om te beseffen dat ik 'papa' zeg, wat toch een waarschuwing zou moeten zijn. Len kijkt me aan met een scherpe blik van 'wat mankeert jou', maar ik negeer haar, zet met een klap een bord voor hem op tafel en schep saus op tot het over de rand loopt en hij schampert: 'Waarom moet jij er altijd zo'n rotzooi van maken?'

Vader eet. Len kijkt toe.

'Lekker,' zegt hij. 'Heeft ze het recept van jou?' vraagt hij aan Len.

Ze geeft geen antwoord.

'Ben je honderd procent Grieks?' Hij blijft vol bewondering kijken naar Lens lange armen en benen, haar groene ogen, tekenen van een goede blanke afkomst.

'Niet helemaal. De familie van mijn vader komt uit Californië, en daarvoor uit Ierland.'

'Ah, die heerlijke Kelten,' zegt hij.

'Wil je nog wat?' vraag ik.

'Nee.' Hij begint met een dikke tong te praten. 'Laten we iets leuks doen. Een spelletje.' Hij buigt naar voren en legt een hand op Lens bleke arm. 'Heb jij zin in een spelletje?' vraagt hij.

'Ja hoor.'

'Monopoly?'

'Prima,' mompel ik, en hij kijkt me aan alsof hij was vergeten dat ik er ook nog was.

Ik win. Vader is te stoned en Len is er met haar hoofd niet bij.

'Pak mijn geld dan, vuile teef,' schreeuwt hij. '*Ade ke gamisou. Sta arhídía.*' Hij vloekt in het Grieks. Ik heb vader nog nooit horen vloeken, in geen enkele taal. Goede manieren zijn heilig voor hem, iets om te allen tijde hoog te houden, maar Michaly's dope heeft dat goede voornemen ondermijnd. Elke keer als hij Len aanraakt lacht ze, van mij mag hij ter plekke dood neervallen, maar ik heb *Midnight Express* gezien en ik heb zo'n donkerbruin vermoeden dat me in een Griekse cel geen fijne tijd wacht als ik levenslang moet brommen omdat ik mijn vader heb vermoord met een hoeveelheid hasj die genoeg is om heel Birma lam te leggen.

Na een uur ligt hij voor pampus. Ik controleer of hij nog ademhaalt.

'Heeft hij niks?' vraagt Len.

'Hij ademt nog.'

'Je bent niet erg op hem gesteld, hè.'

'Dat-ie erin stikt.'

'Jij bent ook een kille bitch,' zegt ze. 'Laten we alles maar afwassen,' zegt ze dan, en we zetten het servies en de pannen in de gootsteen. Ik zwijg.

'Wat zeggen we nu tegen Michaly?' vraagt ze.

'Kan me niet schelen.'

'Wacht maar tot hij ons straks op ons lazer geeft.'

'Ik neem alle schuld op me, maak je niet druk.'

'Wat zei ik? Een kille bitch.'

Ik haal al het geld uit vaders zak en gooi de versleten portemonnee over de heg bij de buren.

'Hier, neem dit maar mee.' Ik geef haar het geld. 'Dat moet genoeg zijn.'

Len is weg, het is stil in huis. Ik doe alle lichten uit. Vader ligt uitgestrekt op de bank, zijn mond een beetje open. Door het open raam stroomt de avondlucht binnen. Ik pak een biertje uit de koelkast en ga bij zijn voeten zitten. Hij opent zijn ogen, maar heeft geen idee dat ik naast hem zit.

'Ik heb een leuke dag gehad op school,' fluister ik in het donker. 'De leraar zei dat ik heel goed kan schrijven en dat ik het nog ver kan schoppen als ik goed mijn best doe.'

Geen antwoord. Ik voel aan zijn vingers. Ze zijn dik en behaard. Hij zucht en gaat even verliggen. Ik neem een slokje bier en wrijf over zijn hoofd. Zijn haar is hard en dik, net als dat van mij.

'Ik wil hier weg, pa,' zeg ik, en ik strijk over die kromme neus. 'Ook weg bij jou, pa. Ook bij jou.'

Bij de buren klinkt geschreeuw en gestommel. De verwarming is eindelijk aangezet, de kinderen, die nu geen trui meer aan hoeven, zijn zo blij dat ze rondrennen en de radiatoren uitjouwen, terwijl hun moeder waarschuwt: 'Pas op voor dat lek, zeker op je blote voeten. Straks glijd je nog uit en breek je je nek of brand je je aan de stoom.' Ik hoor ze lachen. Ik neem nog een slok bier en fluister tegen de muur: 'Ik hou van je, papa.'

. . .

Het geld uit vaders portemonnee is niet genoeg voor Michaly. Hij verlangt een gunst van me. Ik moet een koffer bezorgen. Zijn blik verraadt dat ik het dit keer beter niet kan verknallen. Dat doe ik ook niet. Ik lever een stinkende koffer af op het juiste adres en ben teleurgesteld dat het een keurig huis is. Een grote vrouw glimlacht, neemt de koffer aan en doet de deur dicht.

Een week voor kerst zegt vader ineens dat hij op vakantie gaat met zijn Dona, zo noemt hij haar nu voortdurend, 'zijn' Dona, en als ik oud en nieuw wil vieren moet ik maar teruggaan naar Joegoslavië. Maar Len heeft beloofd dat ze me zal voorstellen aan de Amerikaanse soldaten. Eindelijk is het zover, de beloning voor het bezorgen van die koffer.

'Ik moet nog dingen doen voor school,' zeg ik.

Vader vermoedt wel dat ik lieg, maar hij heeft geen zin of geen fut om er iets aan te doen. Zijn overhemden zijn net terug van de stomerij en zijn broeken en jasjes zijn nieuw. Hij wil snel naar Dona, zijn erfgename, zijn liefje, die zo gul voor hem is geweest in deze tijd van geschenken, die een echte open haard heeft, die op de bovenste, chicste verdieping van een beroemd gebouw in de duurste wijk van de stad woont en die vader enorm kan helpen met zijn zaken. Ik weet toch hoe stug de Grieken tegenover buitenlanders zijn, hoe wantrouwend?

. . .

Er is niet echt een Amerikaanse militaire kolonie. Hier zitten ze niet achter een hek, zoals op legerbases in andere landen, zegt Len. De soldaten wonen tussen de Grieken. Weliswaar verhuren veel huisbazen liever niet aan Amerikanen, want de nationalisten beschouwen dat als verraad. Zij zijn immers afstammelingen van Plato, van de oude Grieken. Maar met Amerikaanse dollars kom je ver, verder dan met drachmen. Er zijn altijd verhuurders die de verleiding niet kunnen weerstaan, dus hangen er op de basis toch lijstjes met appartementen die te huur zijn. Voor zwarten is het nog lastiger. Amerikanen die donkerder zijn dan Turken of zigeuners en die toch meer geld hebben dan zijzelf, dat zien de Grieken niet graag.

'Hier is het,' zegt Len als we de brede oprijlaan inrijden. 'Als ik je voorstel, doe dan een beetje snugger.'

'Doe ik.'

Het appartement is van Cole. Hij is klein en het duurt een tijdje voordat ik alles wat hij zegt kan volgen.

'Ik ben een plattelandsjongen,' zegt hij, 'uit Paducah, West-Kentucky, befaamd om zijn grasmaaier-races.' Hij was de eerste zwarte man die aan zo'n race deelnam. Hij had nog bijna gewonnen ook, maar uit angst voor al die *rednecks* had hij kort voor de finish maar wat gas teruggenomen. Pas toen hij in Mississippi nog eens meedeed aan zo'n wedstrijd, stond hij zichzelf toe om echt te winnen.

'Ik dacht dat de Mississippi een rivier was,' zeg ik. 'Hoe kun je daar met een grasmaaier overheen rijden?'

Ze moeten allemaal lachen. 'Jij bent toch echt een buitenlander, ondanks dat vette Amerikaanse accent.'

'Ze is gewoon goed met talen,' zegt Len. 'Grieks kan ze ook goed, maar ze heeft echt geen benul,' en weer moeten ze allemaal lachen. Ik vraag me af of ik ook wat van dat bruine poeder mag proberen dat op tafel ligt.

'Cole,' zeg ik. 'Wat is dat nou voor naam?'

'Een puike naam. Net als Cole Porter.'

'Wie is dat?' vraag ik.

'Wat een mafkees,' zeggen ze. 'Zulke shit kom je ook alleen in het buitenland tegen.'

'Ik kom misschien uit het buitenland, maar ik ben geen shit,' zeg ik, en ze lachen nog veel harder.

Er staat een grote stereotoren met een tv en daarvoor, midden in de kamer, een sofa. Op de tv spelen de Lakers. Ze leggen uit dat dat een basketbalteam uit Los Angeles is. Het verbaast me dat die wedstrijd midden op de dag op tv is, maar ze zeggen dat het een opname van een oude finale is. 'Ik ben dol op basketbal,' zeg ik.

KC vind ik het aardigst. Hij is groot en stil, hij zit heel cool iedereen te monsteren. Hij komt uit New York.

'Daar ga ik ook wonen,' zeg ik.

'Moet je doen. Jij hebt iets over je, *baby*.'

'Wat dan?' vraag ik.

'Alsof het je allemaal geen reet kan schelen.'

'Ik weet wie Clark Gable is,' zeg ik. 'Die zei ook dat het hem geen reet kon schelen.'

Weer moeten ze allemaal lachen. 'Ik heb het niet meer met die meid, man, ik heb het niet meer.'

Len zet citroen, zout en tequilaglazen op tafel. De tequila verwarmt mijn lijf. De kamer wordt als het ware uitgerekt. KC stopt een film in de videorecorder. *The Warriors*. Een film over bendes in New York.

'Ik heb ook in zo'n bende gezeten,' zegt hij. 'Ik ben opgepakt en toen hebben ze me het leger in geschopt.'

'Ik ben eens door de politie op de achterbank gegooid,' zeg ik. 'Moest ik mijn kleren uitdoen.'

'Lullig,' zegt hij. 'Maar kijk jou hier nou zitten: net zo'n sterke meid als Swans vriendinnetje uit de Bronx. En moet je die zien.' Hij wijst naar het stel op het tv-scherm. 'Die moeten nog in Coney Island zien te komen.'

'Hoe ver is dat?'

'Voor hen wordt dat nog een hele reis.'

'Kom op man,' zegt Cole. 'Zet die film uit. Laten we een lijntje doen.'

KC vraagt of ik dit al eens eerder heb gedaan en ik kijk naar de tv, een hele menigte van bendeleden, de soldaten van Cyrus die met z'n allen naar de oceaan staan te kijken. Zij horen ergens bij. Ik kijk naar het bruine poeder. Het biedt me een plaats tussen deze mensen.

'Natuurlijk heb ik dat wel eens gedaan,' zeg ik.

Ik ben blij dat de tequila mijn zinnen heeft verdoofd, want het bruine spul brandt in mijn neus.

KC vraagt me ten dans. Het is anders dan in Cuba. Hier is de muziek traag en sloom en staan we dichter bij elkaar, we schuren tegen elkaar aan, en ik vraag hem: 'Wat is dit voor muziek?' Hij zegt: 'R&B.' Ik wil zeggen: 'Zoals Rhett Buttler' om iedereen weer aan het lachen te maken, maar er daalt een merkwaardige rust op me neer, een rust zoals ik nooit eerder heb gekend. Op de plaat is een vrouw prachtig aan het huilen. Hij zegt dat het Billie is, en ik zeg: 'Als ik een dochter krijg, noem ik haar Billie.' Hij fluistert: 'Nee, niet Billie, dat was een trieste dame. Jij bent een natuurtalent. Kijk nou toch, jij bent ervoor geschapen om mannen eerst helemaal gek te maken en ze dan in de steek te laten. Ik ben blij dat onze wegen elkaar kruisen nu je dat zelf nog niet goed beseft, kleine meid.'

We vallen in het zachte ritme van een dronkenmansgesprek.

'Waar is je moeder?' vraagt hij, en fatsoeneert mijn haar.

'Weg.'

'O ja? Woon je helemaal op jezelf?'

'M-hm.'

'Hoe oud ben je?'

'Twintig.'

'Zeker weten?'

'Absoluut. Jij dan?'

'Eenenveertig.'

'Hoe lang zit je al in het leger?'

'Bijna zestien jaar.'

'Lang, zeg.'

'Hoe lang ben jij al zo mooi?'

Ik glimlach en sluit mijn ogen. Hij kust en kust en mompelt 'o lieverd' in mijn hals en mijn gezicht en 'o, wat een mooie borsten', en we liggen op bed en zijn warmte drukt tegen mij aan, en elke keer als ik ga verliggen of me omdraai ligt hij daar te wachten, zijn hoofd in mijn schoot en de muziek om ons heen, tussen ons in, de straatverlichting die grijs door het gordijn heen druppelt en de auto's die de muziek overstemmen en dan weer wegsterven, zijn stem die 'mooi, zo mooi' tegen me zegt en de rust, de lome rust van het bruine poeder, die het verlangen stilt dat in het bijzijn van mannen opflakkert tussen mijn benen, en ik voel een langdurig, zalig niets.

. . .

De ochtendzon doet mijn wang gloeien en ik voel me sloom en brak, en hoor Cole hard op de deur bonzen: 'Kom mee, man. Over twintig minuten begint de training. Vraag haar nummer maar, of vraag aan Glyfada Len of ze haar weer meebrengt.'

'Hé kloothommel, noem me niet zo,' schreeuwt Len, ik weet dat ze pissig is over die bijnaam, waar ze maar niet vanaf komt. Ik had er op school al over gehoord. Als zwarte soldaten in Griekenland worden gestationeerd, wat ze beschouwen als een vakantie van anderhalf jaar, hebben ze overal ter wereld al horen praten over Glyfada Len, een mooie jonge meid die wel te porren is voor een leuke avond en wat je verder maar wil. Als je haar maar een paar dollar toeschuift. Naïeve plattelandsjongens worden gewaarschuwd om vooral niet verliefd te worden, want Glyfada Len is van iedereen.

'Het is ochtend, liefje,' fluistert KC tegen de haarlok die over mijn gezicht ligt, hij zegt: 'Ik zie je vanavond wel in Club 57.' Ik weet niet waar die club is maar ik zeg oké. Dan gaan ze snel weg. Len en ik blijven achter.

'De brave meisjes ruimen de rotzooi wel op,' belooft Len. Zodra ze de deur uit zijn, haalt ze Coles laden overhoop op zoek naar een foto van zijn vriendin. We vinden een trouwfoto, Cole in een lichtblauw overhemd met ruches naast een meisje in een witte jurk.

'Die lul is getrouwd!' Len gooit de foto weg, ik raap hem netjes op en leg hem terug.

'Het kan me niet schelen als hij het merkt,' zegt ze.

'Kan het je dan wel wat schelen dat hij getrouwd is?' vraag ik.

'Kan het jou wat schelen dat KC al een vrouw heeft?'

'Moet ik dat erg vinden?'

'Nee. Als je maar niet verliefd wordt. Als hun tijd hier erop zit, gaan ze allemaal weg, ze laten ons blanke wijven achter en gaan terug naar hun eigen leventje in de States. Maar wat zou het. Deze tijd is van ons. Nu zijn wij hun vrouw.' Ze lacht, en we draaien de laatste fles tequila weer open en kijken nog een keer naar *The Warriors*.

. . .

Als je hier naar een club gaat, kan het niemand iets schelen hoe oud je bent, als je maar entree betaalt: honderd drachme, bijna een dollar.

'Het is aan de hoge kant,' zegt Len, 'maar als we het goed aanpakken zijn we geen geld kwijt aan drank. En als je eenmaal een vaste vriend hebt die drankjes voor je koopt, zorgt de eigenaar dat de portiers je voor niks binnenlaten. Tot die tijd dok je honderd drachme en ga je zitten wachten tot de kerels komen.'

Het is vrijdag, de club zit vol Afrikanen die dat bruine spul bij zich hebben waarvan ik nu weet dat het heroïne is.

'Doe het rustig aan,' zegt Len.

De Afrikanen stoppen het spul in luciferdoosjes en ruilen het met de soldaten voor haarverzorgingsmiddelen en cash.

Er is een nieuwkomer, Sha uit Paterson, in New Jersey. Als je hem moet geloven, is Paterson de fijnste stad ter wereld. Meedogenloze bendes en vrouwen bij de vleet, zegt hij. Sha is al aan de haak geslagen door Despina, een mooie vrouw van veertig die maar zelden een nieuwkomer neemt.

'Ik wacht liever tot ze geknakt zijn, murw gebeukt door de droogte en de hitte,' zegt ze tegen Len. 'Maar dit is een uitzondering.' Ik sta achter hen en kijk toe. Ze hebben bij elkaar passende rode T-shirts aan. Op die van hem staat 'I love Despina', op die van haar 'I love Sha'. Ze werkt in het Massagepaleis. Als ze hoort dat ik een vriendin van Len ben en misschien op zoek ben naar een baantje, zegt ze dat er in de massagesalon nog een plekje vrij is en dat ze mij daar wel binnen kan krijgen. Het verdient goed, beter dan serveren of schoonmaken, maar je moet wel bereid zijn om 'climax-massages' te doen. Je mag er handschoenen bij dragen als je het vies vindt. Extra grote fooi als je het met je mond doet. Ik begrijp niet waar ze het over heeft. Ze lacht en legt het uit.

Ik voel me misselijk worden. De tafel bij de dansvloer is leeg. Er staat nooit een bordje op, maar iedereen weet dat je daar niet moet gaan zitten. Hij is gereserveerd voor de blanke vrouwen die de club in het weekend bezoeken. Engelse en Schotse au pairs. Ze komen niet elke avond. Zij hebben vriendjes die hen serieus nemen, hun huur betalen, die hun kleren cadeau doen en hen naar hun werk rijden. Len legt uit dat de Griekse meisjes, een paar meisjes uit Sri Lanka – wat vlak bij India ligt en dus nog warmer is – en de rest van de donkere, olijfbruine en zwarte meisjes die elke avond in de club zitten, de tafeltjes achterin moeten gebruiken.

Je kunt maar beter Engels spreken. De meisjes die goed Engels spreken, genieten het meeste aanzien. Er zijn een paar Braziliaanse meisjes die bloedmooi zijn, jong en leuk, maar ze spreken geen Engels en zelfs al vinden de kerels hen geweldig, ze zullen het toch nooit schoppen tot de status van echte vriendin met eigen huissleutel, autosleutels, verjaarscadeautjes en lieve woordjes. Net als wij zitten ze op een stoel te wachten tot ze gevraagd worden.

'Al zijn ze nog zo mooi, veel mooier dan die bleekroze krengen,' zegt Len, 'en wiegen ze lekkerder met hun kont dan Amerikaanse meiden.'

De mannen zijn allemaal zwart. Er is hier geen blanke man te bekennen, al zegt iedereen dat het in Amerika wel anders is. Daar zie je overal blanke mannen.

Len wijst naar een Grieks stelletje en zegt: 'Moet je die viespeuk zien, hij vindt het lekker om toe te kijken. Zij draagt een doorzichtig jurkje om er zeker van te zijn dat ze iemand aan de haak slaat. Dan verstopt hij zich in een kast. Ze doen alsof hij niet thuis is, maken er een hele vertoning van. Nu is ze zo oud en dik geworden dat ze alleen nog zo'n Afrikaanse junk kan scoren. De soldaten zien haar niet meer staan. Haar vent probeert ook al een tijdje om haar aan Michaly's shit te krijgen, zodat ze weer mager wordt.'

Ik durf eerst niet goed naar haar te kijken, maar langzaam draai ik mijn hoofd hun kant op en zodra ze me ziet kijken, lacht ze naar me. Ik wou dat ik haar naam wist zodat ik haar kon groeten.

KC komt binnen, hij heeft een pak aan. Je ziet zo dat het nieuw is. Hij loopt recht op me af en lijkt een beetje zenuwachtig. Vraagt of ik iets wil drinken en of ik aan het voorste tafeltje wil gaan zitten zodat we kunnen praten.

'Bofkont,' mompelt Len. Ik zit trots rechtop en bestel een rum-cola, het lievelingsdrankje van Len. Het is lekker en fris. Ik bedank hem met een glimlach en Len schampert: 'De kleine sloerie. Ze leert snel.'

'Hoe oud ben je?' vraagt hij weer.

'Twintig, dat heb ik toch al gezegd.'

'Als ik dat geloofde, zou ik het niet nog eens vragen.'

'Twintig,' zeg ik.

'Zit je in de onderbouw of in de bovenbouw?'

'Al zou ik jonger zijn dan je denkt, ik ben heus niet zo stom dat ik in zo'n strikvraag trap.'

'Je bent een stoute meid.' Hij lacht. 'En door jou kan ik in de cel belanden.'

'Kan het je wat schelen hoe oud ik ben?'

'Ik weet het niet, liefje, ik weet het gewoon niet. Je kunt me een hoop ellende bezorgen.'

'Omdat je getrouwd bent?'

'Dat is nog maar het begin.'

De ijsblokjes tikken tegen mijn tanden. Ik neem een slok en bedenk manieren om hem te houden. Hij mag niet weggaan. Hij moet blijven. Hij is lief voor me. En sterk. Sterker dan vader. Ik ben trots dat ik bij deze sterke man aan het voorste tafeltje iets zit te drinken. Waarom kan ik niet gewoon achttien zijn, groot genoeg om een vriendin te zijn, mee te rijden in een geïmporteerde auto? Ik moet denken aan Gordana en mijn oom en ik druk mijn voorhoofd tegen het zijne en zeg: 'Blijf alsje-blieft, alsjeblieft, ik zal braaf zijn. Ik zal zo braaf zijn dat je de hele tijd bij me wil zijn. Dat je je vrouw en kind in de steek wil laten en alles wil doen voor die kleine minderjarige niemand van nergens.'

'Jij bent me er een,' zegt hij.

'Nee,' zeg ik, 'ik ben er geen. Maar ik zal alles zijn wat jij wil.'

. . .

Er zijn feestjes. Donderdagfeestjes, vrijdagfeestjes, zaterdag-feestjes, zomaar-feestjes. In de saaie Griekse winter zonder toeristen valt niks te beleven. De lokale bevolking verveelt zich en is nog racistischer dan in de zomer, als er genoeg blanke meiden te krijgen zijn, meer meisjes dan kerels. Maar nu zijn de blondines terug naar hun eigen koude land en alleen de brave Griekse meisjes zijn hier achtergebleven, en de Griek-se mannen kijken afgunstig naar de Amerikanen en hun Ame-rikaanse geld. Hun handen jeuken om met ze te knokken. KC zegt dat dat kleine grut de moeite niet waard is: 'Kom mee, schat, een paar lijntjes snuiven in de auto. Waar is het van-avond feest?'

Dus zitten we in de auto high te wezen, we doen lekker niks en kijken hoe de vliegtuigen landen en opstijgen tussen de ro-de en blauwe lichtjes, we zoenen en praten, snuiven nog een paar lijntjes en genieten weer van onze roes. Mensen die langs-lopen kijken naar ons, naar mij, naar hem, en versnellen hun pas.

'Ga je naar school?' vraagt hij.

'Nee.'

'Waarom niet?'

'Gewoon.'

Hij knikt. Ik knik.

'Wat voor school is het?'

'Heb je het nu alweer over school?' Ik kom langzaam uit mijn roes.

'Nee, nog steeds.'

Onze auto staat voor een huis. Binnen gaat licht aan. Het scherpe geluid van een deur die schurend opengaat pijnigt mijn oren, een man steekt zijn hoofd naar buiten.

'*Fyge*,' roept hij.

'Willen ze dat we opkrassen?' vraagt KC.

Ik zeg niks en frommel aan het papiertje in mijn zak. Ik ben twee Australische meisjes tegengekomen die ik van het strand ken. Joanna en Gaylia.

'Wij Australiërs zijn net Engelsen,' zeggen die schertsend, 'maar wij worden sneller bruin.' Ze hebben een enorm appartement aan het water. Eén keer per maand gaan ze naar de Verenigde Arabische Emiraten en vervolgens keren ze terug met tassen vol jurken, juwelen en contant geld, allemaal gekregen van rijke sjeiks.

'Ga ook eens mee,' zegt Gaylia. 'Die donkere ogen en dat zwarte haar doen het daar misschien wat minder goed, maar dat lijf! Daar doen die Arabieren een moord voor. Niet bang zijn, gewoon dit nummer bellen, je hoeft niks te doen wat je niet wil.' Dat nummer staat op het papiertje.

'Hoe laat begint school?' vraagt KC.

''s Ochtends,' zeg ik.

. . .

Het nieuws gaat als een lopend vuurtje onder de soldaten: KC is helemaal verslingerd aan zijn blanke tiener. Zijn vrouw is naar huis voor Pasen en dreigt nu helemaal niet meer terug te komen. Geen wonder. Hij heeft die meid zelfs meegenomen naar het appartement waar hij met zijn vrouw en baby K woont. Het is een arm meisje, uit een of ander communistisch land.

KC heeft hetzelfde meubilair als iedereen. 'Van de discountzaak,' zegt hij. In de kamer van baby K staat hetzelfde spul, maar dan kleiner.

'Voel je je niet schuldig dat je je vrouw bedriegt?' vraag ik.

'Moet jij zeggen.'

'Hoezo?'

'Omdat ik haar met jou bedrieg.'
'Ik bedrieg haar niet.'
'Wat ben je toch een raar meisje.'

Later in bed vertelt hij dat ze zwanger was toen ze trouwden en dat hij nu niet meer zo goed weet of ze van elkaar houden, of ze ooit wel van elkaar gehouden hebben.

'Mijn ouders hebben heel even van elkaar gehouden,' zeg ik. Hij kijkt naar mijn lichaam als ik iets zeg. Ik ben naakt. Hij legt zijn hand op me.

'En nu heeft moeder kanker,' zeg ik. Ik weet niet of hij wel luistert.

'Liefde tussen mannen en vrouwen is ingewikkeld,' fluistert hij in mijn oor. 'Jij bent jong en beseft dat nog niet.'

'Is het altijd droevig?' vraag ik.

'Ja.'

'Is het tussen mannen anders?'

'Tussen soldaten wel. Niks waar ik meer van hou dan van de soldaten. Behalve baby K, die is alles voor me.'

'Mijn vader houdt ook zoveel van mijn halfbroertje,' zeg ik.

'En van jou?'

'O, mij vindt hij niet eens aardig. Zijn marmeren vloer, daar is-ie wel blij mee.'

'Ik ben blij met jou, schatje,' zegt hij.

'Je hoeft mijn vader niet te zijn.'

'Wie ben je?' zegt hij, en hij drukt me tegen zich aan.

'Een raar meisje,' zeg ik.

'Ga slapen,' fluistert hij. 'Slaap.'

. . .

De eerste ochtend dat we niks meer stiekem hoeven te doen is het prachtig weer. Warm. De insecten slaan hun broze vleugels stuk tegen de warme ruiten.

'Strand, strand,' fluistert KC. 'Ga mee naar het strand, dan ga ik al die vieze mannen daar jaloers maken.' We pakken onze spullen alsof we een echt stel zijn, twee handdoeken in één tas. Van mijn zonnebrandcrème zegt hij: 'Dat is betalen om nog zwarter te worden.'

Ik pak de bundel bankbiljetten uit mijn zak en geef het geld aan hem.

'Wat is dat?' vraagt hij.

'Ik heb drugs verkocht.'

'Ja, en?'

'Ik dacht...'

'Hou dat nou maar.'

Ik laat mijn hoofd hangen en kijk uit het autoraam. Hij gaat wat langzamer rijden.

'Het is jouw geld,' zegt hij. 'Ik hoef het niet. Ik hou zo ook wel van je.'

Ik knijp mijn handen met het geld erin dicht en wou dat ik hem mama mocht noemen. Ik ken niemand die zo aardig is als hij, ik wou dat ik zijn dochter was.

. . .

KC kan niet zwemmen.

'Rustig maar, liefje,' zeg ik. 'Ik leer het je wel.'

Ik laat hem op zijn rug drijven met zijn benen om mij heen geslagen. Mensen kijken naar ons en ik zeg tegen iedereen dat hij niet kan zwemmen. Ze lachen en applaudisseren als hij een paar slagen in zijn eentje maakt. Dan doe ik voor hoe je onder water moet zwemmen en hij zwemt naar me toe zoals thuis de baby's doen, in de milde Adriatische Zee – zoals moeder mij leerde zwemmen nog voordat ik drie was, ze nam er foto's van die ze in een album plakte zodat iedereen het kon zien. Hij is bang voor het zoute water en houdt zijn ogen dicht, en als hij tegen mijn buik botst gaat hij geschrokken staan. Ik sla mijn handen om zijn gezicht en kus zijn zoute lippen en zeg: 'Ik hou van je.'

Later leer ik hem hoe je een kreeft openbreekt en opeet zonder er een janboel van te maken. Hij wil een slab voorbinden, maar dat verbied ik. Na je vijfde draag je geen slabbetje meer.

'Dit kloteland met zijn rotgerechten,' zegt hij. 'Maar wij maken wel de dienst uit, zonder ons spraken ze hier allemaal Turks.'

Die nacht kunnen we allebei niet slapen. Ik moet aan mijn moeder denken, aan haar lichaam dat bezwijkt aan kanker. Ik vraag me af of ze ooit een minnaar heeft gehad. Ze heeft me wel eens verteld over een vriendin die we in een auto zagen stappen met een jongere man. Die vriendin was getrouwd. Haar echtgenoot was rijk en op reis. De jongere man was een dichter. Hij schreef trieste liefdesgedichten voor die vriendin en dan zaten ze allebei te huilen. Toen kwam de echtgenoot weer thuis en was het voorbij. Niemand weet wat er van de dichter is geworden.

Het gordijn zit verstrikt rond het raam en KC staat op om het los te maken. Hij staat bij het raam. Hij begint te praten met zijn rug naar mij toe.

'Een paar vrienden op de basis zitten in de nesten.'

'Hoezo?' vraag ik.

'Hun urinetest was positief.'

'Positief?'

'Ja, drugs.'

'Is dat zo erg?'

'In het leger is dat vrij ernstig.'

'En jij dan?'

'Dat is afwachten.'

'Kan ik niks doen?'

Ik weet best dat ik niks kan doen, ik begrijp niet eens waar hij het over heeft, wat er aan de hand is.

'Je kunt dicht tegen me aankruipen zodat ik je adem op mijn gezicht voel, en mijn lieve schat zijn,' fluistert hij.

'Ik hou van je,' zeg ik.

· · ·

Er brandt geen licht in huis als ik anderhalve dag later weer thuiskom. Alleen bij het terras zie ik een roodgloeiend stipje in de lucht. Dat kan vader niet zijn. Die rookt niet.

'Wat was dat?' vraagt hij.

'Wat was wat?'

'Als ik me niet vergis, zat er geen chauffeur in die auto.'

'Jawel, hoor.'

'Wat heb je uitgespookt?' vraagt hij.

'Ik was naar een vriendin.'

'Kijk eens op de keukentafel.' Hij neemt een trekje van zijn sigaret en moet hoesten.

Op de keukentafel ligt een brief waarin staat dat ik al meer dan een maand niet op school ben geweest. Ik voel dat dit een knallende ruzie wordt. Al die zuurverdiende centen voor het schoolgeld die ik heb verkwist.

'Wat heb jij me maanden geleden te eten gegeven, waar ik zo ziek van ben geworden?'

'Ik zou het niet weten.'

'Dat weet jij heel goed.' Hij schiet zijn peuk de straat op. 'Wat moet er van jou worden? Een stoephoer?'

'Doe niet zo paranoïde,' zeg ik.

Hij staat op en loopt naar de voordeur. Hij trekt hem open.

'Mijn huis uit,' zegt hij. 'En je hoeft niet terug te komen.'

'Eruit,' zegt hij nog eens, en hij loopt naar de keuken, kijkt in de koelkast en trekt een blikje Sprite open. 'Opgekrast!'

Ik wou dat hij me had geslagen. Aan mijn haar had getrokken, zodat ik had kunnen huilen, of terug had kunnen vechten, me laten vallen op zijn dierbare marmer en er bloedvlekken op maken. Alles was beter geweest dan zomaar de deur openzetten. Ik pak alleen een paar shirts in. De dope is te sterk om met veel bagage te gaan rondsjouwen. Ik neem een ingelijste foto van moeder mee. Daar verstop ik mijn dope achter. Vader zit nog in de keuken en zegt niets als ik naar buiten loop.

Ik sleep mijn halfvolle koffer naar het strand. Auto's passeren me. Nooit meer naar school, nooit meer vechten tegen de slaap terwijl juffrouw Donaldson dingen uitlegt die ik toch nooit begrijp. Mooi zo, denk ik, en ik snuif twee lijntjes terwijl de nacht de zee uitvlakt, alles zwart behalve het witte schuim dat op de toppen van de golven ligt.

. . .

Len zegt: 'We vragen het Monica en Emmanuelle. Bij mij kun je niet blijven, mijn vader zou zijn poten niet thuishouden. Zeker als hij dronken is. Monica en Emmanuelle zijn Braziliaans, ze zijn en heel gastvrij, daar blijven altijd mensen slapen.'

Len heeft gelijk. Ze zijn een en al knuffels en begripvolle blikken.

'Je mag op de vloer slapen, schatje. Hier is een kussen. Gebruik maar een jas als deken, want we hebben geen dekens over. Maar jij kunt wel tegen de kou. Daar is dat grote vikinglijf wel tegen bestand.'

'Ik ben een Slaaf, geen viking.'

'Viking, Slaaf, ze zijn toch allemaal groot?'

'Dat is zo.'

'Dan krijg je het niet koud.'

Volgens mij zijn ze veel ouder dan ze zeggen. Len zegt dat ze zich jonger willen voordoen. Als ouwe taart kom je hier niet aan de man. Alleen Despina flikt het hem, maar die is dan ook bloedmooi.

'We waren politieke vluchtelingen,' zegt Emmanuelle. 'De datum in mijn paspoort klopt niet. Ik heb hem veranderd om mezelf ouder te maken. Minderjarigen mogen het land niet uit.'

'Echt waar?' vraag ik.

'Het is een goeie truc,' zegt ze lachend.

Emmanuelle lacht heel veel, en daar vallen kerels op, maar Monica heeft steil haar. Steil haar is een felbegeerde eigenschap bij de afstammelingen van de Afrikaanse slaven met hun kroeshaar.

'Dan lijk je meer op een blanke,' zegt ze.

Het appartement is klein en vies. Het enige raam kijkt uit op een muur. De huisbazin is Grieks. 'Hoeren... hoeren,' sist ze als we langslopen. Om de twee maanden verhoogt ze de huur, maar ze zet de meiden niet het huis uit.

Emmanuelle en Monica noemen de kerels hun vriendje. In de weekends zitten ze de hele dag in het appartement, ze eten rijst met bonen en zonderen zich af en toe met de meisjes af in de slaapkamer. Daarna zitten we allemaal samen in de woonkamer, luisteren naar de radio en dansen. Een tv staat er niet. Soms nemen de mannen haarverzorgingsmiddelen en ontkroezer mee. Ik zie ze nooit geld geven. De meisjes hebben ook altijd maar één kerel tegelijk. Het lijkt mij een eerlijke ruil. Het is mijn taak om hun beha's en de onderbroeken, die ze G-strings noemen, te wassen, de rook uit hun jurken, broeken en shirts te verdrijven, en de afwas te doen. Ze noemen mij *formosa*, schoonheid, en ze beloven me ooit een keer mee te nemen naar Rio.

Monica's nieuwe vriendje, Larry, is blank, hij komt uit Jacksonville. Dat ligt in het noorden van Florida maar de mentaliteit is er zuidelijker dan in Zuid-Florida, zegt hij, vanwege al die joden daar. Sinds Monica hem heeft leren kennen, gedraagt ze zich als een snob. Ze heeft op de markt een hoed gekocht, een lelijk strooien ding met een brede rand, en daar een sjaal omheen gebonden, en die draagt ze nu altijd als hij komt.

Emmanuelle en ik hebben de pest aan Larry. 'Hij gedraagt zich alsof hij *muito bonito* is,' zegt Emmanuelle, 'met zijn verhalen over Florida. Dat stomme Florida.'

'Als het daar zo goed is, waarom zit je dan in Griekenland?' zegt ze tegen hem.

'Omdat ik zo van jullie hou, meiden. Jullie allemaal. Als ik straks thuis zit, verveel ik me weer dood.'

Monica hoopt al maanden dat hij haar aan een visum kan helpen om naar de vs te gaan, dus deze opmerking komt hard aan. Hij ritst haar topje open en legt zijn handen op haar borsten.

'Deze zal ik nog het meeste missen,' zegt hij.

Ik spuw in zijn eieren en glunder bij de medeplichtige blik van Emmanuelle als hij zijn eerste hap neemt.

'Yes, *señor Larry*,' zeg ik. 'Je zult ons *muito* missen.'

· · ·

Alle meiden hebben een oogje op de nieuwe deejay. Zelfs de meiden van de marine die hier dit weekend zijn. Despina is kwaad omdat Sha met zo'n meid staat te dansen, een jong ding dat de nieuwste danspassen kent. Dinsdag was een Griekse vrouw nog goed genoeg om mee te neuken, maar op vrijdag is ze ineens te min? Ze is ziedend.

De meiden van de marine hebben zelf genoeg dollars en Amerikaanse maniertjes, zij weten hoe je cool klinkt: 'Voor mij geen water erbij, laat maar lekker onverdund branden die shit, net als de muziek.' Bij hen klinkt het niet lullig, zoals wanneer een Griek het probeert te imiteren.

De vloer trilt en ik denk dat het gebouw meebeweegt omdat er zo hard gedanst wordt, maar dan komt de militaire politie ineens binnenstormen. De muziek gaat uit. Met een paar stappen staat de langste van het stel boven bij het hokje van de deejay, hij duwt de rij wachtende meiden opzij. Wat krijgen we nou, hoor je door het geroezemoes heen.

De soldaat pakt de microfoon en zegt: 'Staat hij aan?' De vraag is gericht aan de deejay, maar de microfoon staat inderdaad al aan en de hele zaal giechelt om zijn onhandigheid.

'Dames en heren,' zegt hij op een ernstige, volwassen toon die me doet denken aan tante Dika. 'We hebben een noodsituatie. In de bar hiernaast is een bom ontploft. Vier van onze mensen zijn gewond geraakt. Ik moet jullie vragen om terug te keren naar de basis en je bij je superieur te melden zodat hij de koppen kan tellen.'

De stemming slaat om. Er breekt paniek uit.

'We weten niet of zich hier nog meer vijandelijke elementen ophouden,' vervolgt de MP. 'Vooruit, schiet op. Jullie orders zijn duidelijk.'

De mensen stromen langzaam weg door de smalle deur.

'We wachten wel even tot het minder druk is,' zegt KC.

Buiten zijn er ziekenauto's, gegil en een massa mensen. Langzaam schuifelen we naar de hoek, richting Bobbies, de bar waar de ontploffing plaatsvond. De gewonde Grieken worden naar Griekse ambulances gedragen, de Amerikanen naar hun eigen ziekenauto's. Een Griekse vrouw met bloed op haar armen schreeuwt: '*Fyge apo thin hora mas!*'

'Wat zegt ze?' vraagt KC.

'Rot op uit ons land,' zeg ik.

'Stelletje idioten. Als wij er niet waren, zaten de Turken hier.'

'Wat maakt het uit door wie je land bezet wordt?' vraag ik.

'Ontzettend veel.'

Dan blijft hij staan en kijkt me aan met een merkwaardige blik in zijn ogen.

'Wij brengen vrijheid,' zegt hij.

'Die vrijheid?' Ik wijs naar de gescheiden ziekenauto's. 'Of de vrijheid van Club 57? Rassenscheiding?'

Zijn ogen boren zich in de mijne.

'Wanneer ben jij ineens volwassen geworden?' vraagt hij.

. . .

Ze mogen de stad niet in. Ik zie KC drie dagen niet. Ik ga naar Len om nieuws te horen. Ze zegt dat iedereen op de basis blijft en dat ze ook niet weet hoe het verder zal gaan. President Papandreou belooft dat het probleem weldra zal zijn opgelost.

Iedereen op de basis heeft een urinetest moeten doen. Met die van KC schijnt het goed mis te zijn. Hij werd positief bevonden en dit is niet de eerste keer, dus hij kan wel eens diep in de stront zitten, en dat is heel ernstig. Het gerucht gaat dat Cole zijn eigen hachje heeft gered door KC als dealer aan te wijzen. Dan wordt hij misschien wel opgesloten in Leavenworth, god weet hoe lang. En daarna? Een rotbaantje ergens in de Bronx en een klotetoekomst voor die lieve baby K.

Een dag later is KC thuis, moe en ongewassen.

'Hé, schat,' begroet hij me lachend. 'Ga zitten.'

'Michaly heeft wat dope meegegeven als troost.' Len gooit een zakje op tafel.

'Fuck, man,' zegt KC, en hij snuift vijf gigantische lijntjes. 'Ik doe geen urinetest meer. Voor mij is het toch einde oefening.' Len gebaart naar mij – doe iets.

'Doe nou een beetje voorzichtig, KC,' zeg ik. Hij legt een lijntje klaar voor mij.

'Probeer maar een lijntje.' Hij geeft het rietje aan mij. 'Rete-goeie shit.'

. . .

Ik had die dag voor hem moeten zorgen. Zoals hij eerder voor mij had gezorgd, alsof ik zijn kind was. Ik had hem die dag moeten overstelpen met liefde. Ik had geen lijntje moeten snuiven. Ik had hem moeten troosten, zoenen. Met hem naar bed gaan, hem in mij nemen, hem nergens meer aan laten denken. Maar ik had dagenlang niet geslapen en ik miste hem. En ik miste de drugs. Dus ik bezweek voor de verleiding en nam het rietje aan. Ik weet nog hoe goed dat spul was. Hij had gelijk, zoals altijd. Retegoeie shit. Ik deed mijn ogen even dicht.

. . .

Het is donker als ik in m'n eentje wakker word op de vloer in de slaapkamer van baby K. Ik hoor niemand in huis. Er zit op-gedroogd snot rond mijn mond. Babyspeelgoed hangt onder-steboven aan het plafond. Een konijntje, een eland, een engel-tje en een schildpadje.

In de voorkamer zit KC met zijn hoofd tegen de tafel ge-leund, er zit een beetje braaksel op één kant van zijn gezicht. Zijn ogen staan halfopen. Het lijkt alsof hij zit te slapen, maar ik weet dat het niet zo is. Op een pak luiers op tafel zit nog meer braaksel. Ik haal het van tafel en leg het op de vloer. KC heeft de boel graag aan kant. In een film heb ik eens gezien hoe iemand een ander de pols voelde, dus dat doe ik ook. Ik denk dat ik iets voel, maar ik weet dat ik me dat inbeeld. Ik duw zijn ogen dicht en ga weg.

. . .

Op het strand is de zon warm en het water helder. Geen golfje te zien. De zomer is terug en heeft de vrolijke buitenlandse meisjes en de knappe Grieken weer te voorschijn getoverd. Daar vindt Emmanuelle me. Ze komt bij me zitten, maakt geen grappen. Nu gedraagt ze zich naar haar echte leeftijd. Len en Michaly worden verhoord, zegt ze, en Len heeft gezegd dat ik een Russische spionne ben die bij Amerikaanse soldaten infiltreerde, dat ik contacten heb met de mensen die de bom in Bobbies hebben gelegd. Ze heeft ook gezegd dat ik erbij was toen KC overleed en ze willen pas uitsluiten dat het moord is als ze mij gesproken hebben. De politie is al tweemaal bij Monica en Emmanuelle langsgeweest om te vragen naar de 'minderjarige' die bij hen logeerde. Het waren nog knappe kerels ook, Monica had ze eieren aangeboden.

'Ik weet dat je geen spion bent,' zegt Emmanuelle, 'maar wij willen geen contact met de Astynomia.'

Dat begrijp ik wel. Ik heb hier een keer gezien hoe de politie op studenten insloeg met houten knuppels. Vader en ik zaten te lunchen. De restauranthouder trok snel het rolluik dicht en spoorde zijn gasten heel beschaafd aan om vooral lekker door te eten, die nare affaire zou snel voorbij zijn.

De studenten konden geen kant op en klemden zich vast aan het rolluik. Toen kwamen de agenten. Hun wapenstokken glansden en bewogen door de lucht als dirigeerstokjes. Netjes in de maat ranselden ze hun slachtoffers af. Het was even indrukwekkend als weerzinwekkend. Vader zei niet dat ik mijn blik moest afwenden, dus bleef ik nieuwsgierig kijken tot ze zo onder het bloed zaten dat ze niet meer van elkaar te onderscheiden waren.

Ik had geen zin in een politieverhoor.

'Je gaat weg. Begrepen?' zegt Emmanuelle.

'Ja, nu meteen.'

'Heb je geld?'

'Nee.'

'Larry is er met Monica's juwelen vandoor.'

'Dat zat eraan te komen.'

'De klootzak.'

'Ze redt zich wel.'

'Jij ook.'

'Ik hou van je,' zeg ik nog tegen haar voor ik wegga.

'Weet ik. Jij bent mijn zusje, mijn *formosa*.'

Ik heb maar dertig drachme. Friet kost zeventig drachme. Ik heb al sinds gisterochtend niks gegeten. Ik ga langs bij vader, maar de sleutel past niet meer in het slot. Slim van hem, maar ik trek me aan de klimop omhoog, klauter over het hek en zit al snel olijven naar binnen te werken. Ik vraag me af waarom er geen brood ligt, zie de dikke laag stof en realiseer me dat hij niet meer in Griekenland is. Hij heeft me niet alleen het huis uit gezet – hij heeft me hier achtergelaten.

Maar de telefoon heeft hij niet afgesloten. Het duurt in Griekenland jaren om een aansluiting te krijgen. Ik dank de Griekse inefficiëntie terwijl ik het nummer van Dika draai. Ik hoor een hees 'hallo'.

'Dida,' zeg ik. Zo heb ik haar al heel lang niet genoemd.

'Mijn god, waar zit je?' gilt ze met een schorre stem, en moet dan hoesten. Ik hoor geknisper van plastic terwijl ze een sigaret pakt. 'We waren doodongerust. Je vader zei dat je vermist was.'

'Onzin. Hij heeft me het huis uit gezet.'

'Hij zei dat je weer met een zwarte vent had aangepapt en dat je toen verdwenen bent.'

'Je kent hem toch. Het is een leugenaar.'

Ze zwijgt even en denkt na. Hij is dan wel een leugenaar, maar ik sta niet veel beter te boek.

'Je moet naar huis komen,' zegt ze.

'Hoe dan?'

'Ik regel wel een ticket voor vanmiddag. Ga jij maar naar het vliegveld.'

'Oké.'

'Alexandra?' zegt ze. Zo noemt ze me nooit.

'Ja?'

'Vraag je niet naar je moeder?'

'Hoe is het met haar?'

'Heel slecht.'

. . .

In mijn zak zit mijn paspoort en het nummer van KC's vriend in New York. Spivey, staat op de achterkant gekrabbeld. Ik ga te voet naar het vliegveld, dat duurt twee uur. De vrouw bij de balie van de Joegoslavische vliegtuigmaatschappij heeft mijn naam al doorgekregen. Ze geeft me tien dollar, waarmee ik twee tosti's koop die ik niet opeet en een biertje dat ik in één keer achteroversla.

De passagiers checken in. Het is net of iedereen in de rij komt staan om eens goed te kijken hoe vies ik eruitzie. Mijn teennagels gekloofd en niet bijgehouden. Een blauwe plek op mijn linkerenkel. Geen idee hoe ik die heb opgelopen. Onder de mooie riempjes van mijn schoenen ziet mijn vuile huid er nog grauwer uit. Mijn haar en mijn kleren al net zo rampzalig. Geen wonder dat vader me heeft achtergelaten. Wie had dat niet gedaan?

Ik stap opzij en laat de fatsoenlijke mensen voorgaan. Ik hoor hier echt niet tussen, bij al deze liefheid, aardigheid en verantwoordelijkheid. Moeder ligt op sterven of ze is al dood, KC is al dood, ik ben nog geen zestien en ik weet niet wat ik moet doen, dus ik deins terug bij de ingang en laat steeds meer fatsoenlijke mensen voorgaan tot er niemand meer staat te wachten om in het vliegtuig te stappen, en dan slaat een aardige stewardess, een en al glimlach en lekkere stewardessengeurtjes, haar geüniformeerde arm om me heen en neemt me mee.

'Kom, lieverd, kom maar, tijd om naar huis te gaan.'

8

Het enige wat ik weet van de neef die me op het vliegveld af-
haalt, is dat hij acteur wil worden. Damian. Bijnaam 'Watje'.
Hij dreigt op het podium zijn kleren uit te trekken zodat de
hele wereld zijn dinges kan zien. Zijn moeder doet zijn best
om er een fatsoenlijk mens van te maken, maar toch krijgt zij
overal de schuld van. Van zijn rare manieren. Dat hij zichzelf
urenlang opsluit in de badkamer. Zijn sloomheid. Hoe hij zijn
eten kauwt, eerst aan één kant van zijn mond en dan aan de
andere, als een ouwe kat.

Onze familie brengt sterke, kranige knapen voort, zegt tante Dika. Die aangetrouwde huilebalk had geen zonen moeten
krijgen. Wat kun je ook verwachten van een vrouw die is geboren aan de andere kant van de Donau? Een vrouw uit het
verre noorden, met die lome, trage tongval en de neiging om
te veel taart te eten. Jezelf volproppen met suikergoed is nog
nooit ergens goed voor geweest, daar krijg je maar weke inge-
wanden van. De lijken van mensen uit het noorden rotten sneller weg dan die van Bosnische bergbewoners, omdat ze vanbinnen al voor hun dood naar de mallemoer zijn.

We noemen hem Watje omdat hij altijd ziek is. Als kind
mocht hij nooit rennen. Op een keer huilde hij waar iedereen bij was. De familie hield die dag een wedstrijdje om te
zien wie van de kinderen het langst in het ijskoude water kon
blijven. Zijn onderlip was gaan trillen toen ik onverschrok-
ken in het water was gesprongen en alle records had gebroken. Iedereen in de familie moest lachen. Iedereen behalve
zijn moeder. Ze probeerde hem tegen zich aan te drukken,
tot haar echtgenoot, een andere oom die ingenieur was,

schreeuwde: 'Laat hem toch. Het is toch geen watje.'

Vandaag is hij anders. Stil als altijd, maar hij kijkt me met zijn grote, zijige ogen aan alsof hij ergens berouw over heeft. We gaan in de rij staan voor de bus. Het is warm, te warm. Alle mannen kijken naar mijn gebruinde huid. Ze doen me denken aan Larry. Ik weet niet wie er vanavond voor hem aan het koken is, maar ik hoop dat ze in zijn bord spugen.

Watje vindt het vervelend dat ze naar me kijken en probeert ervoor te gaan staan om hun blikken af te weren.

'Wil je mijn trui aan?' vraagt hij.

'Dat is veel te warm.'

'Evengoed.'

'Het houdt ze toch niet tegen,' zeg ik.

'Hoe bedoel je?'

'De kerels. Een trui houdt ze niet tegen.'

Hij kijkt me heel lang aan.

'Sorry,' zegt hij.

Moeder ligt alleen op haar kamer in het ziekenhuis, om haar heen allemaal netjes opgemaakte bedden met strak ingestopte dekens. De artsen hebben haar verteld dat ze een zeldzame vorm van tuberculose heeft en dat ze haar daarom apart houden van de andere patiënten. Ze is gekrompen, ziet er klein en zwak uit, maar haar middel is vastgesnoerd aan het bed.

'Waarom is ze vastgebonden?' vraag ik aan de jonge dokter die achter me aan is gelopen. Hij heeft een vriendelijk gezicht en diepliggende ogen en doet zijn best om volwassen te klinken.

'Ik zal het uitleggen,' begint hij. 'Ze was 's nachts erg rusteloos en heeft de gordijnroede uit de muur getrokken. Dit is beter voor haar.'

'Ze weegt nog geen vijftig kilo,' zeg ik.

'Pijn is machtig.'

Hij doet een stap achteruit, hij verwacht een scène, denkt dat ik ga huilen en schreeuwen. Hij heeft in zijn opleiding geleerd hoe hij moet omgaan met de geijkte reacties van rouw en verdriet.

'Daar kan ik me iets bij voorstellen,' zeg ik, om de jonge dokter te sparen.

Dankbaar legt hij zijn hand op mijn arm en zegt: 'Ze voelt niets.'

'Van dat medicijn wil ik ook wel wat.'

'Daar verlangen we op zijn tijd allemaal naar.' Hij glimlacht. 'Maar jij zou er niets aan hebben. Jij kunt beter naar huis gaan, naar je familie. Het duurt niet lang meer.'

'Ik wil nog even bij haar zitten.'

'Ga naar huis.'

Er zitten droge korsten op mama's hoofd. Ik geloof niks van dat verhaal over de gordijnroede, dus ik maak haar los. Ze is loeiheet, haar ogen verdrinken in angst. Het wit rondom haar pupillen is geel.

'Ik ben bang,' zegt ze tegen de kamer.

'Je moet niet bang zijn,' zeg ik.

'Bang voor jou.'

Ik besef dat ze niet ligt te hallucineren.

Ik kus haar en houd mijn lippen tegen haar droge wang aangedrukt tot ik net zo gloei als zij. Haar huid voelt zo droog alsof ze al dood is.

'Ik ben een grote meid,' zeg ik.

'Je bent nog een kind.'

Ik buig me over haar heen en houd mijn mond bij haar oor. 'Dat weet niemand,' zeg ik. 'Alleen jij en ik.'

Ik pak de fles cognac uit mijn zak en ga naast haar liggen. Het klinkt alsof ze snurkt, maar ik weet dat ze stikt. Ik dommel in. Later zie ik door de nevel een verpleegster, dan een flits van het metaal van een injectiespuit en even later is de ademnood verlicht.

Moeder zegt iets. Ik weet dat ze niet tegen mij praat en krijg mezelf niet wakker.

Ik word door elkaar geschud. 'Kom mee,' zegt de stem, en ik loop achter twee voeten aan over de koude ziekenhuisvloer, over het beton van het park waar de longpatiënten zitten te schaken of stiekem een paar sigaretten roken als ze een betere dag hebben. Ik blijf op de achterbank liggen tot de auto stopt. Ik loop mee naar de lift en dan in mijn eentje naar mijn kamer, naar mijn bed, naar het duister onder de dekens.

. . .

De telefoon gaat wel twintig keer over. Iedereen weet dat dit het ziekenhuis is, niemand wil opnemen. Ik draai me om in bed en kijk naar de reliëfdieren op de muur. Die heb ik met mijn vinger uitgepulkt als kind, in de tijd dat ik elke avond pleister-kalk at voor ik ging slapen. De artsen zeiden dat ik kalkgebrek had en meer melk moest drinken. Moeder deed me 's avonds bij het slapengaan handschoenen aan. Nu maak ik de eend nog wat groter. De kalk schuurt tegen mijn tandglazuur. Buiten mijn kamer verstrijkt de dag.

Als de schemering valt, komt Dika binnen en gaat op mijn bed zitten.

'Honger?'

'Nee.'

Ik draai me om en leg mijn hoofd in haar schoot. Ze heeft een donkergroene jurk aan en ze ruikt net zoals oma, de dood die nadert, maar langzamer.

'Wat moeten we nou doen?' vraag ik haar.

Mijn tante Dika is een oorlogsheldin die meer dan tien nazi-bunkers heeft verwoest, tot ze geraakt werd door een granaat-scherf van een Duitse Stuka. Toen werd ze gevangengenomen en een maand later uitgewisseld voor een andere krijgsgevan-gene. Ze heeft nooit verteld hoe het was om als mooie jonge meid krijgsgevangene te zijn. Misschien omdat niemand daar ooit naar vroeg. Niet durfde te vragen, vermoed ik. Omdat zij nooit een blad voor de mond neemt.

'Je zult bij je vader moeten wonen,' zegt ze.

Zomaar.

. . .

Moeder wordt begraven in een bruine, dure kist, gekleed in haar mooiste zijden kleren en de slangenleren schoenen die we in Triëst hebben gekocht. De begraafplaats is kaal. Moslimbegraafplaatsen zijn altijd kaal. Geen mausoleums voor grote mannen. Geen lange lijsten van dierbare vrouwen en kinderen. Niemand van vaders familie die acte de présence geeft. Hij belt niet. We kunnen elkaars bloed wel drinken, verklaren de tantes.

Ik sta op een flinke afstand terwijl iedereen bedrijvig om me heen draait. Of ik iets wil eten, drinken. Ik wil niks, alleen de fles die ik onder mijn bed heb verstopt, tussen de oude pyjama's, waar de wervelwind van mijn tantes schoonmaakwoede hem niet kan vinden. Ik heb er de hele ochtend aan zitten lurken en mijn mond met honing ingesmeerd om de geur te verdoezelen.

Het huis is die middag bedreigend. Mensen komen en gaan, ons meubilair gaat schuil onder hun lichamen, zelfs de stoelen in de hoek waar nooit iemand zit. De tafels zijn achter elkaar gezet, één lange rij van voedsel en drank. De hond zit nerveus met haar staart te kwispelen, hopend op wat hapjes. De vrouwen uit de buurt doen de afwas en zetten nog meer eten op tafel voor nieuwe bezoekers. Overal hangt een geur alsof iemand een kokende pan zeewater op het vuur heeft laten staan. De loodzware geur van droge tranen. Ik blijf hier niet. Ik kan hier niet blijven. Ik zal mijn rolschaatsen verkopen, mijn poppen en mijn leren jas. Ik gluur voortdurend naar mama's diamanten speld en vraag me af of ik daar al bijna een vliegticket van zou kunnen kopen.

Twee vrouwelijke collega's van moeder vertrekken. Ze nemen afscheid en wensen me sterkte.

'Neem je de bus?' vraagt de langste aan haar collega.

'Nee, ik loop wel. Het is zo'n mooie zomeravond.'

9

De zomerhitte leidt tot onrust op de Balkan. In augustus rommelt het in overheidskringen. Vooral moslims gaan zware tijden tegemoet. Ooms en tantes komen in het geheim in de keuken bijeen. Ik sluip naar de deur en leg mijn oor ertegen.

'Hier komt bloedvergieten van.'

'Waar?'

'Bosnië.'

'Bosnië?'

'Waar anders?'

'Wat zou het?' zegt tante Dika. 'We hebben wel erger meegemaakt.'

'En Sasja?' vraagt Malik, mijn oom de ambassadeur.

'Ze heeft dit jaar praktisch geen voldoende gehaald. Er moet iets gebeuren.' De anderen zijn het daarmee eens.

Ik hoor hoe een lucifer wordt aangestreken.

'Binnenkort sturen we haar wel naar haar vader. Zolang de rouw duurt, mag ze hier blijven, maar zodra die voorbij is, moet ze naar hem.'

Ik probeer me te herinneren hoe lang de rouwperiode duurt, maar ik heb geen idee. Dan moet ik ineens denken aan KC, aan wat hij zei: 'Jij bent sterk.' Sterk zijn betekent dat je doet wat je te doen staat.

Ik gebruik de telefoon van de onderbuurvrouw om naar Amerika te bellen. Hun telefoonrekening wordt betaald door het bedrijf van haar echtgenoot. Ik bel aan als ik weet dat hij niet thuis is. Zijn vrouw is vriendelijk en niet al te snugger. Ze heeft medelijden met dat meisje dat net haar moeder heeft verloren en snelt naar de keuken om wat jam te pakken, ze belooft me haar lievelingsjam. Ik pak snel de telefoon en draai koortsachtig het nummer.

'City University,' zegt een vrouw.

Op slag ben ik een zachtaardig, lief meisje uit een arm land, een lieve meid met een droom.

'Ik heb mijn moeder net verloren en ik wil graag naar Amerika komen, wilt u me alstublieft, alstublieft helpen?'

De vrouw zwijgt. Een zucht van medelijden.

'Kind, wat vreselijk voor je. Ik heb mijn moeder ook verloren.' Een golf van paniek slaat over me heen. Ik wil meer van deze aardige mevrouw.

'Mevrouw, mijn ooms willen me in het weeshuis stoppen.'

'Kindje toch.'

'Ik moet gewoon naar Amerika.'

'Hemeltje. Ik ga daar niet over. Maar ik zal zorgen dat je aanvraagformulier vandaag nog de deur uitgaat, dat beloof ik je. Spel je achternaam eens. Ik stuur hem per expresse toe.'

Ik vertel die volslagen vreemde alle verschillende manieren waarop je een exotische Oost-Europese naam kunt spellen, al die medeklinkers achter elkaar, en ze hoort waarschijnlijk hoe bang ik ben, want ze probeert me te troosten.

'Luister,' zegt ze. 'Het belangrijkste is dat je over geld beschikt. Je moet twintigduizend dollar op de bank hebben staan om een visum te krijgen. En je moet achttien zijn.'

'Dank u wel,' zeg ik tot slot. 'Bedankt dat u zo aardig bent.'

Ik hang op voordat ik de keukendeur weer hoor openzwaaien en ben dan een en al glimlach en dank u wel en hmmm, wat een heerlijke jam. Zo koop je het in de winkel niet. De buurvrouw glimlacht.

'Ik leef met je mee, kind. Ze was zo aardig, zo mooi. Een echte dame, je moeder.'

'Jammer dat ik zo weinig op haar lijk.'

'Nee, o nee, kind toch,' zegt ze. 'Zoiets moet je niet zeggen.'

'Sorry,' zeg ik. 'Dat heb ik soms, als het me aanvliegt.'

'Dat begrijp ik best,' zegt ze, en zwijgt dan.

We zitten een tijdje zwijgend bij elkaar.

'Woont u hier al lang?' vraag ik. Ik weet dat ze van ver komt, meer dan zeshonderd kilometer, wat hier beschouwd wordt als het andere eind van de wereld, en dat ze getrouwd is na een verloving van twee weken.

'Te lang.'

'Bent u gelukkig?' vraag ik.

Ze kijkt me aan alsof ze me nog nooit eerder heeft gezien.

'Wil je wat drinken?' vraagt ze.

. . .

Ik trek moeders kasten open, haar mappen, schoenendozen, alles. Ik heb nog nooit in haar spullen zitten snuffelen, maar nu is ze er niet meer en zijn het mijn kasten. Laden vol schoolrapporten in verschillende kleuren inkt. Moeder gebruikte verschillende kleuren voor de cijfers van het tussenrapport en het eindrapport. Ik vind een blanco middelbare-schooldiploma. Daar zit ik een tijdje naar te kijken. Ik moest haar altijd de cijfers van de rapportlijsten voorlezen. Die schreef zij dan onder aan de diploma's. Ik krijg ineens een idee. Ik weet hoe ik dit moet aanpakken.

Taal, 9. Al was ik verder overal slecht in, in taal was ik altijd goed. Wiskunde, 7; natuurkunde, 9; scheikunde, 9. Ik heb nooit scheikunde gehad. Maatschappijleer, 9. Ik heb geen idee wat maatschappijleer is. Onderaan druk ik de schoolstempel van moeder erop. Hij is oud en droog, maar ik moet het ermee doen. Ineens ben ik een veelbelovende middelbare scholier.

In haar lievelingshandtas vind ik haar bankboekje. 350 Zwitserse frank staat er. Ons hele vermogen. De nul is in zwarte inkt gestempeld. Op de stempel van moeder zit geen nul. Maar als ik nou twee volmaakte halve cirkeltjes stempel: eerst de letter c, en dan dezelfde letter ondersteboven. Ik spuug op de stempel om de inkt wat donkerder te maken. Het lukt. Ik heb een nul. Nog een keer. Twee nullen. 350 is 35000 geworden.

Ik pak mijn geboortebewijs. Daar staat dat ik geboren ben in 1966. Te jong om het land uit te mogen zonder toestemming van mijn ouders. Ik krab het binnenste boogje van de tweede 6 weg. Nu staat er een letter c. Dan spuug ik weer op de stempel en druk nogmaals een c ondersteboven. Nu ben ik geboren in 1960. Ik ben twintig jaar en heb vijfendertigduizend Zwitserse frank geërfd, dat is meer dan vijfentwintigduizend dollar.

In het aanvraagformulier staan een hoop vragen, met veel lege regels om antwoord te geven. Naam, geboortedatum, scholen. Ik geef zo goed mogelijk antwoord, schrijf dan een aanbevelingsbrief voor mezelf en betaal drie kinderen uit de buurt om er een handtekening onder te zetten. Zij zijn mijn leraren. Ik schrijf een hartverscheurend persoonlijk opstel. Eerst is het nog moeilijk om te liegen en de waarheid mooier te maken, maar dan stel ik mezelf voor dat ik over iemand anders schrijf. Ik word mijn vader, en gouden woorden vloeien uit mijn pen.

Vele generaties immigranten joegen op hun geluk en hun dromen op de stomende boten die over de Atlantische Oceaan naar Amerika voeren, volgeladen met slechts de hoop en de dromen van hen, vol verwachting aan de reling hangend.

Stompzinnig, maar ik denk dat het wel in de smaak zal vallen.

Amerika groeide en werd het enige land ter wereld waar iedereen terecht kon die daar zijn of haar best wilde doen. De enige natie waar vele naties verenigd konden leven.

Tante Dika noemt Amerika een nest van racistische protestanten die iedereen verkrachten en uitbuiten.

Mijn moeder is onlangs overleden. Mijn vader is omgekomen bij een vreselijk mijnongeval en liet al jaren geleden een jonge weduwe achter. Mijn zus is geveld door roodvonk.

Aangezien ik nooit een zus heb gehad, kan het ook geen ongeluk brengen om er een dode zus bij te verzinnen.

Het enige wat rest, is de herinnering aan haar, de vastberadenheid die ze mij toebracht, het verlangen om te slagen in de wereld, om deel uit te maken van het mooiste land ter wereld. Ik wil zelf een gezin stichten, omdat mijn biologische familie mij jammerlijk is ontvallen.

Ik laat het lezen aan een vriendin die een beetje Engels kan schrijven.

'Tjonge, wat goed,' zegt ze. 'Vooral dat stuk over de dood van je vader en zus. Als ik het las, zou ik het zo geloven.'

. . .

Een maand later komt de toelatingsbrief. Ik ben officieel toegelaten tot het College of Staten Island. Het voelt raar om naar een universiteit op een eiland te gaan – eilanden zijn om aan het strand te liggen, te vissen en vijgen te eten – maar ik weet dat in Amerika alles anders en beter is en ik popel om die school op het eiland te zien.

De familieraad wil er niks van weten.

'Wat weet jij nou over dat krankzinnige land van uitbuiters en religieuze sektes?' zegt tante Dika. 'Het leven is zwaar daar. Ga maar eens als Mexicaan naar Californië. Eindeloze werkdagen. Vroeg oud.'

'Maar ik ga niet naar Californië,' zeg ik. 'Ik wil naar New York en ik ben geen Mexicaan.' Ze luistert niet naar me.

'Voor hen wel.' Haar blanke neusvleugels trillen. 'Ze zullen je verslijten voor een Mexicaan van een andere planeet, als ze je zwarte ogen zien en jij je grote bek opentrekt. Dan beseffen ze dat je ondersteboven loopt, met je kont in de wolken, en dat je hooguit goed genoeg bent om fruit te plukken. Maak eerst maar eens een opleiding af, een vakopleiding, zodat je ooit misschien eens je brood kunt verdienen.'

'Brood? Dat zou maar verkruimelen,' zeg ik, 'en een hoop rotzooi geven.'

'Kont in de wolken,' gromt ze.

'Mijn kont is tenminste nog niet zo groot dat-ie niet meer omhoog kán komen,' antwoord ik, en mijn oom geeft een mep tegen mijn achterhoofd.

'Zusje toch,' zegt hij meelevend tegen Dika. 'Brutaal en koppig, dat is ze, net als die waardeloze dissidente vader van haar. Er valt niks mee te beginnen. Laten we haar snel wegsturen, die rotmeid, de rotte appel waar we allemaal de last en de schande van moeten dragen.'

. . .

Voor een visum moet je in de rij staan. Je moet in de vroege ochtend of zelfs al om middernacht komen, en maar wachten. Niemand verlaat de rij. We zitten op de grond te wachten op toestemming om te ontsnappen. Sommigen van ons slapen. Sommigen zitten hier al twee of drie dagen en dat ruik je. Ze zijn misschien van ver gekomen, met niet meer dan de kleren die ze aan hebben. Ze plassen tussen de geparkeerde auto's en hopen dat niemand het ziet.

'Een beetje te oud om nog te gaan studeren,' zegt de beambte als hij mijn geboortebewijs leest.

'Beter laat dan nooit,' zeg ik beleefd.

Hij kijkt me niet aan, buigt slechts zijn smalle hoofd, van boven kaal, over mijn papieren en stempelt zijn goedkeuring op mijn plannen.

Meervoudige toegang tot de Verenigde Staten van Amerika N380107.

Als ik thuiskom, brandt er geen licht in het appartement. Ik hoor tante Dika stilletjes huilen op de slaapkamer. Het is het uur van moeders injectie. Ze mist de bezigheid waarschijnlijk, ook al was die bezigheid het zoeken naar een goede plek tussen moeders verschrompelde aderen. Oom is bij de buren aan het kaarten en denkt niet aan de doden, nu mis ik haar verschrompelde aderen ook, ik wou dat ze hier was, ziek en stervende desnoods, maar tenminste nog hier. Ik probeer mezelf aan te sporen: 'Ze is er niet meer, ze is er niet, doe het licht aan en kijk naar de oude stoelen, de vertrouwde vormen, wees niet bang.' Ik stommel de kamer in, open de kast en trek de koffer eruit. Wat pak je in het geheim in als het voor altijd is? Moeders witte handschoenen, die dameshandschoenen die bijna tot je elleboog komen, met drie paarlemoeren knoopjes, haar prachtige elegante foto's, een paar kleren van mezelf en een bundel bankbiljetten, mijn 2745 dollar in een doosje waar 'Damesverband' op staat.

. . .

Als iemand vertrekt, is er altijd een feestje. Familie en vrienden komen dan plichtsgetrouw opdraven. Ik heb mijn moeder net verloren, het zou onbehoorlijk zijn om niet te komen.

De vragen vliegen in het rond. Ga je helemaal in je eentje? Wie ken je in Amerika? Wat moet je daar, tussen de protestanten en de joden?

'Studeren.'

'Studeren? Kan dat hier niet?'

Al snel is iedereen aan het drinken, verdwenen is de tegenzin om een feestje te houden in het huis van een overleden vrouw, een dode vrouw van wie ze ook de wake nog geen twee maanden geleden in brandewijn hebben gedrenkt.

We zijn uitgedroogd, zegt iemand. En trouwens, dit is ook een wake, een speciaal soort wake, een *pečalba* wake, voor iemand die voorgoed vertrekt. Opgeruimd staat netjes, eigenlijk. Die meid deugt niet, helemaal losgeslagen, misschien is er in Amerika wel plaats voor zo iemand, in dat idiote land waar vrouwen achter het stuur zitten en van hun echtgenoot scheiden. Misschien is er in Amerika wel plaats voor dit geschifte kind.

'*Živeli.*' Voor het eerst in zijn leven brengt oom een toost op mij uit.

Ik ben blij. Ik wil dat hij me aardig vindt. Ik wil dat hij me beschouwt als een van hen, al is het maar voor één keer en meteen ook voor het laatst. Ik pak zijn revolver en schiet hem leeg door het open raam.

'Dansen!' schreeuw ik.

'Dansen,' antwoordt de dronken kamer en de muziek knalt uit de luidsprekers.

Mijn familie en vrienden pakken elkaar bij de hand, vormen een cirkel en beginnen te bewegen op de maat van de muziek, die vol is van woede en verdriet. De stompende bas waarschuwt voor de naderende vijand. Het maakt de dappere krijgers dorstig naar het bloed van de vijand, en om die dorst te lessen drinken ze meer, maar de dorst houdt aan. De brandewijn kan de dorst niet lessen. Hij groeit en groeit in hun buik tot ze straks allemaal de kans krijgen om echt bloed te vergieten.

De buren staan tegen de ramen geplakt, ze slaan een kruis-je en werpen afkeurende blikken op ons huis. De vrouw van de buurman huilt. In het trappenhuis ontloopt ze me, misschien schaamt ze zich over onze koffiekransjes, de geheimen die we uitwisselden over hoe ongelukkig we ons voelden.

Ik spuug naar ze. *'What the fuck are you staring at?'* schreeuw ik, en ik zwaai met de revolver.

'Hou op,' zegt tante Dika boos. 'Wij moeten nog met hen samenleven.'

'Ik niet.'

Tegen het eind van de avond verschijnt vader plotseling ook, onuitgenodigd. Ik wist niet eens dat hij weer terug was. Hij biedt meteen aan om het varken aan te snijden, alsof hij het hoofd des huizes is, van dit huis waar hij tot vandaag niet eens werd binnengelaten. Ik laat hem zijn gang gaan. Hij paradeert langs de tafel, schenkt iedereen bier en brandewijn in en zorgt dat het niemand ontbreekt aan al het lekkers dat wij te bieden hebben. Na het eten danst hij met een vriendinnetje van een van mijn vrienden. Zijn hand ligt te laag op haar rug. Ze straalt, zoals de meisjes in Glyfada stralen als een nieuw aangekomen soldaat hen als eerste vraagt. Een blik vol belofte en hoop. Ik ben blij voor vader. Ik ben blij voor Secca, die een heleboel zal leren over het glorieuze verleden van vaders geliefde Griekenland. Al snel loopt haar ongeruste vriendje haar overal te zoeken.

Ik brul 'yeeehaaa' uit het raam in de stille socialistische nacht. Beneden staat een politieauto, maar het zal nog een paar jaar duren voordat oom uit zijn functie wordt ontheven. Voorlopig staan ze alleen te observeren en te controleren of bij ons, vuile moslims, de boel niet volledig uit de hand loopt.

De Serviërs op het feest staan met elkaar te smoezen. Straks komen de patriottistische liederen. De brandewijn vloeit rijke-lijk, gevolgd door tranen van trots. De Servische mannen zwe-ren trouw aan de vrijheid. Die is nakende. Zoete vrijheid. Zoe-te overwinning. Lang leve Servië. Er vloeien nog meer tranen van trots over hun wangen, ze omhelzen elkaar – broer, voor jou zou ik een moord doen; voor jou en ons geliefde Servië – en ze omhelzen elkaar nog eens en zingen en huilen.

'Beesten,' fluistert mijn oom. 'In het huis van mijn zus. Een schande. We zullen nog wel eens zien met hun Servië. We zullen zien.'

De volgende ochtend missen we de tv en een stuk muur: iemand heeft er met een hamer een stuk uit geslagen. Dat moet Marko zijn geweest, die het hardst stond te brallen over nationalisme, over het – binnenkort in ere te herstellen – recht van elke christen om een moslimvrouw te roven. Hij is verliefd op Leila, die moslim is en die ik een vreselijke trut vind. Ze heeft iets van een slang. Of een ander reptiel. Terwijl ik moeders dure witte Samsonite-koffer pak en voorgoed vertrek, flitst er een gemene gedachte door mijn hoofd, over hoe Leila hem een loer zou kunnen draaien. (Dat zal ze ook doen. Drie jaar later, als de laatste moslims uit Belgrado vertrekken, loopt zij met een zoontje aan haar hand dat Marko nooit zal kennen. Een hoge prijs voor wat beschadigd beton, een zwart-wit-tv en een hoop gebral? Misschien. Maar tegen die tijd is Marko al lang en breed vrijwilliger in de Servische speciale eenheid van de Rode Baretten, die heel wat meer op zijn kerfstok heeft dan mijn beschadigde muur.)

. . .

Ik ga nog even langs bij de psychiatrische inrichting om afscheid te nemen van Juma. Haar ouders hebben haar niet verteld dat moeder dood is. Ze slaapt niet meer. Na haar terugkeer uit Cuba is ze gestopt met slapen en met het lezen van de *Britannica*. Ze zit maar te zitten bij het raam. Tante Ludmila zegt dat de verplegers haar deur niet eens meer op slot doen.

'Neem me mee,' zegt ze, met haar rug naar mij toe.

'Hoe wist je dat ik het was?' vraag ik.

'Wie moet het anders zijn?'

'Ik kan je niet meenemen,' zeg ik.

'Ik weet het. Amerika is voor de sterken.'

'Het spijt me,' zeg ik.

'Dat hoeft niet. Jij hoeft hier niet te wonen.'

Deel drie

10

De storm komt. Valt aan. Omhult alles. Van onderen giert hij, van boven bonst en hamert hij. Een werveling van kleuren, geuren, gestalten, gekrijs, sirenes en geluiden, overal geluiden. Miljoenen gezichten razen langs, als gekken op zoek naar een schuilplaats.

New York City.

Mijn nieuwe huisbaas, Dragutin, haalt me af van de luchthaven. Een vriendin heeft me zijn naam gegeven, iemand bij wie ik goedkoop kan wonen als ik het niet erg vind om een bed te delen. Met een meisje natuurlijk.

'Hij komt je zelfs afhalen,' zei die vriendin. 'Voor drie dollar, dat is niks.' De auto is groter dan een weiland en ik wou dat ik me kon uitstrekken op de achterbank.

In Victory Street in Ridgewood, Queens, gaan we een lelijke grijze blokkendoos van drie verdiepingen binnen die ingeklemd staat tussen soortgelijke, al even lelijke en grauwe gebouwen. Uit de zwarte zakken op de stoep puilt vuilnis. Het ruikt er naar vuile dierenkooien. De treden zijn ongelijk en scheef, ze kraken. Ik vind alles prachtig, zelfs het vuilnis.

Dragutin is een Roemeen. Om aan het communisme te ontkomen is hij de Donau overgezwommen met behulp van een tractorband die hij van de buren had gejat. Daarna liep hij driehonderd kilometer naar de Amerikaanse ambassade en vroeg asiel aan. Later heeft hij een paar terugkerende Roemenen geld meegegeven voor een nieuwe tractorband. Om zijn dorp te laten weten dat hij het had gehaald.

De volgende ochtend word ik wakker van zijn gebrul naar de dakloze Latino's die tegen het gebouw staan te pissen, of nog erger.

'Walgelijk,' gromt hij. 'In mijn eigen land hadden zelfs de armste mensen genoeg eergevoel om respect te tonen voor het eigendom van hardwerkende burgers.'

Dragutin heeft stevige biceps en drukt zich elke ochtend op bij het open raam. Zijn vriendin is een gediplomeerd visagiste in Manhattan. Ze verdient geld als water, zegt hij. Amerikaanse vrouwen willen per se een Oost-Europese visagiste. Ze wonen in een klein flatje dat hij met contant geld heeft gekocht toen hij nog maar negen jaar in Amerika was. Hij en zijn vriendin slapen in de eerste kamer, ik deel de andere kamer met een meisje uit mijn eigen land. Het kost vijftig dollar per week. En dan mogen we één keer, of vooruit, als het per se moet, twee keer per week douchen, bromt hij. Hij is niet blij met mijn lange haar en de hoeveelheid warm water die ik daarvoor nodig heb.

'Ik neem zelf altijd koude douches,' daagt hij me uit. 'Goed voor de bloedsomloop.' In het weekend krijgen we 's ochtends eieren met smakeloze, vaalgele dooiers en op zaterdagmiddag moeten wij de afwas doen en de badkamer schoonmaken.

Mijn kamergenote Irene is star en vastberaden. Op het bed dat we delen, zit een grote bruine vlek. Ze speldt haar haar vast op haar hoofd als een oude vrouw en ze lacht nooit. Ze stopt haar kleren in plastic zakken. Groene zakken voor sweaters en shirts, witte voor broeken, sokken en ondergoed. Op haar nachtkastje staan mooie doosjes. Als ze er niet is, kijk ik wat erin zit. Ze zijn leeg.

'We houden het hier wel schoon.' Ze kijkt met argusogen naar de chaos in mijn koffer.

'Ik zal mijn best doen.'

Irene heeft een duidelijk doel voor ogen. Ze blijft in de vs en zal daar een beter leven voor zichzelf bouwen, en misschien ooit ook voor haar broer. Die drukt zich ook op bij het open raam, vertelt ze tijdens het avondeten.

'Verstandige knul,' zegt Dragutin goedkeurend. 'Die wil ik wel eens ontmoeten.'

'Met Gods hulp,' zegt Irene.

Ze fronsen allebei hun wenkbrauwen als ik Guinness drink bij het ontbijt.

'Dat ziet de Here Jezus niet graag.'

'Ik bied mijn excuses wel aan als ik hem tegenkom,' zeg ik.

De nacht sleept zich voort. Irene slaapt met dezelfde vastberadenheid waarmee ze haar kleren opvouwt, nooit ligt ze te woelen in bed. Haar benen heersen over de lakens. Haar armen klemmen de dekens vast. Haar ademhaling is altijd regelmatig. Soms zit ze met haar geld te ritselen voor ze het licht uitdoet. Ze bewaart het in een heupgordel, die ze nooit af doet. Ze zegt nooit welterusten.

Soms klinkt uit de voorkamer een beetje gerommel. Het duurt altijd maar even en verloopt altijd op dezelfde manier. Dragutin slaakt een gilletje, zijn vriendin blijft stil. Het bed kraakt. Aan de andere kant van het halletje zie ik de donkere gestalte van Dragutin, die de badkamerdeur opent en het licht aandoet. Ik hoor water in de gootsteen. De wc wordt doorgespoeld. Zijn vriendin blijft in bed liggen tot het ochtend is.

11

Ik loop door de stad, alleen. Ik loop door de kaarsrechte, steriele straten, heen door de ene, terug door de andere. Altijd alleen. Ik ben doodop van het alleen-zijn, van de vieze plek op mijn matras, van de regelmatige ademhaling van mijn kamergenoot, haar opgevouwen truitjes, netjes gestreken ondergoed. 's Nachts lig ik hele pakjes kauwgum te kauwen terwijl het speeksel uit mijn mondhoek op het kussen druipt, in een poging om mezelf ervan te overtuigen dat ik slaap.

's Ochtends slaat Dragutin me om de oren met zijn mantra – 'Ga werk zoeken, je moet werk hebben' – terwijl hij druk gesticuleert met zijn gespierde kostwinnersarmen. 'Zonder werk ben je geen mens.'

Iedereen in huis is het met hem eens, werk is goed voor je. Ik vraag me af waarom. Ik zit op de trap van een gigantisch gebouw in het centrum en drink bier en bourbon. Voor me op straat rijden zilvergrijze wielen door de plassen, kinderen steken aan de hand van hun ouders de straat over, gewichtige heren trekken even hun das recht voordat ze iets zeggen.

'Werk' belooft de krant die mijn vinger zwart maakt van het lood. 'Verdien honderden dollars in de Pink Pussy Cat.' De obsceniteit van de naam gaat aan mij voorbij en ik draai het nummer. Een vrouw met een in de loop der jaren schorgeschreeuwde stemband brult: 'Ben je eenentwintig en heb je er niks op tegen om met seksuele parafernalia te werken?'

'Ja,' lieg ik en 'nee' zeg ik. Ik vraag me af wat parafernalia betekent.

'Moet ik iemand aanraken?' vraag ik.

'Nee.'

'Mogen ze mij aanraken?'
'Nee.'
'Dan is het goed.'

Ik krijg acht dollar per uur plus commissie. De winkel is een diepe pijpenla, tot de nok gevuld met seksspeeltjes. Allemaal voorwerpen die ik nog nooit heb gezien en die er meestal wel geinig uitzien.

Een klein meisje met een gezicht zo rond als een verjaarstaart propt roze pakpapier in een beulskap, zodat hij er gevulder uitziet. Of griezeliger, denk ik, in de etalage. Ze slaat geen acht op me en vloekt als er een stukje papier vast komt te zitten in de ritssluiting van de mondopening. Een video, met op de doos een foto van een voorovergebogen blonde vrouw met keiharde borsten, moet vijftig dollar kosten. Ze heeft rode make-up op haar kont gesmeerd, zodat het net twee bavianenbillen zijn.

Als de eigenaar, Eddie, hoort waar ik vandaan kom, zegt hij dat hij een communist is die gelooft dat het volk aan de macht zal komen zodra het seksueel bevrijd is. Ik zeg niks. Ik heb geen werkvergunning en ik wil geen ruzie.

Eddie vraagt me om de dildo's in te smeren met glijmiddel en zegt dat hij moet weten of ik genoeg geld in het laatje kan brengen. Eerst durf ik ze niet goed aan te raken. Ze zien er bleek en ongezond uit, als een rij zieke kinderen in de wachtkamer van de dokter.

Het enige wat me echt tegenstaat is de geur, dus ik wrijf ze in en wacht op nadere instructies.

'Vergeet de ballen niet,' zegt hij.

Ik gehoorzaam en krijg de baan.

. . .

KC's vriend Spivey wantrouwt me. Ik probeer hem te overtuigen met herinneringen. Hoe KC op de lagere school over het hek was getuimeld en op Spivey's hoofd gevallen. Hoe Spivey later beweerde dat hij daardoor een hersenschudding had opgelopen, wat hij als smoes gebruikte om het rekenproefwerk over te slaan. Maar hij blijft wantrouwig.

'Hoe lang heb je hem gekend?' vraagt hij.

'Een jaar. Ik was zijn vriendin toen het spaak liep met Lisa.'

'Je bent toch niet van de politie, hè?'

'Nee. Ik ben degene die hem bij die tafel heeft gevonden.'

Hij zwijgt heel lang.

'Hoe heet je?' vraagt hij dan vriendelijk.

'Sasja.'

'Kom vanavond om negen uur naar Schulman's in 125th Street.'

. . .

De bar is lang en smal, met regelmatig over de toog verdeelde asbakken en roodleren barkrukken. Ik ben hier de enige blanke. De barkeeper, een grote man met een lang blauw schort voor, bekijkt me eens goed maar vraagt niet wat ik wil drinken. Bij het podium zit een oud wrak van een man over een tafeltje gebogen, zijn hoed ligt naast zijn mok op tafel. Zijn handen trillen; zijn nagels zijn zo lang dat ze weer terugkrullen naar zijn vingers. Een paar tafeltjes verderop zit een vrouw met de rug naar hem toe. Ze heeft gigantische borsten, het soort waarvoor je een stapje opzij zet om er niet tegenaan te lopen. Ze draagt een rood hoedje met een veertje en een stukje gaas. Aan de muur hangen foto's van zwarte blues- en jazzmuzikanten. Ik herken er een paar die ik ken dankzij KC. 'De Cool Cats,' zei hij altijd. 'Zo cool als wat, net als mijn liefje.'

Dan komt er nog een man binnen. Bijna net zo oud als vader. Hij kijkt me met toegeknepen ogen aan.

'Ik ben het,' zeg ik.

'Jij bent nog een kind.'

'En jij een ouwe vent.'

Als we van onze eerste verbazing zijn bekomen, biedt hij me iets te drinken aan. Pas nu komt de barkeeper naar deze kant van de bar.

'Wat wil je?' vraagt Spivey.

'Wat neem jij?'

'Hennessy.'

'KC hield ook van Hennessy.'

'Dat heb ik hem leren drinken,' zegt hij, en hij staart naar de lege asbak.

'Ik mis hem ook,' zeg ik.

'Laten we dan Hennessy drinken.'

We toosten op KC en Spivey draait zich om naar de bar.

'Ik heb veel meegemaakt in deze tent.'

'Ik ken dit soort plaatsen,' zeg ik.

'Hoe oud ben je?' Hij glimlacht.

'Oud genoeg.'

De dame met het hoedje werpt ons een boze blik toe.

'Dit is een vriendin van KC uit Griekenland,' zegt Spivey tegen haar. 'Niet dat het jou iets aangaat.'

'Wat?' Ze springt overeind en holt naar ons toe, het hoedje valt bijna van haar hoofd. 'Waarom heb je dat niet meteen gezegd?' bijt ze Spivey boos toe.

'Ben je nog steeds kwaad?' vraagt hij.

'Die dwaas,' zegt ze. 'Dood en begraven omwille van een blanke meid. En hier zit er nog zo een.'

'Ach, hou toch je klep, Ethel,' zegt Spivey. 'Zij was zijn liefje.' Ethel zwijgt en Spivey fluistert: 'Let maar niet op dat gezeik van haar. Ze was dol op KC.'

'Dat waren we allemaal,' zegt ze. 'En we willen precies weten hoe het gebeurd is.'

Ik vertel hun alles. Hoe ik hem aantrof, dat er braaksel op de luiers van baby K zat. Over Cole uit Paducah in West-Kentucky, die de Mississippi overstak en een grasmaaier-race won. 'Bravo,' zegt Spivey. Ik vertel ze over mijn vader en zijn rijke vriendin die helemaal boven in de flat woonden, met een mooi stapeltje brandhout naast haar open haard, en hoe moeder in coma lag toen ik haar voor het laatst zag, dat ze zich zo'n zorgen om mij maakte en dat ze zich nu geen zorgen meer hoeft te maken.

Ethel huilt en schopt een stoel omver. 'Kloteleven,' zegt ze. 'Waarom toch allemaal?'

Spivey zegt: 'Ze was al van kinds af aan dikke maatjes met KC, ze heeft het hem nooit vergeven van Lisa, en waag het niet om kwaad op haar te worden.'

'Ik ben niet kwaad,' zeg ik.

'Kunnen we iets voor je doen?' vraagt Ethel. 'James daar', en ze wijst naar de oude man, 'kan een liedje voor je zingen. Is er een liedje dat je graag wil horen?'

'*Strange Fruit*,' zeg ik.

'Wat ben jij een rare meid,' zegt ze.

En de oude man kreunt Billie's liedje voor me, het liedje van de droevige Billie naar wie ik van KC mijn dochter niet mocht vernoemen, en mijn hoofd zakt op mijn borst, zwaar van de tranen en de Hennessy, Ethels kolossale bruine borsten komen op me af en omhelzen me.

'Niet huilen, schat, het gaat weer over. Zo gaat het gewoon, het leven kan hard zijn.'

'Kloteleven,' zeg ik tegen de lege asbak.

12

De collega met het gezicht als een verjaarstaart is Sheila. Ze is in de Pink Pussy Cat komen werken op haar negentiende en ze is er blijven hangen. Nu is ze de manager. Zij weet waar alles staat en niemand bedient de kassa zo snel als zij. Ze is ooit verloofd geweest met een Ierse vent, vertelt ze me, maar zijn familie vond het niet zo geweldig dat ze een kind was van gescheiden ouders, met een broer die in de cel zat en met zo'n onfatsoenlijke baan. Toen ze een jaar hadden samengewoond, bezweek haar vriend uiteindelijk voor de druk van zijn ouders en zegde haar de wacht aan. Nu lakt ze haar nagels zwart en heeft ze een droevige blik in de ogen. Tijdens haar lunchpauze zit ze achter in de winkel en lakt haar nagels bij. 'Het is te dik in het flesje, daarom schilfert het af,' wil ik tegen haar zeggen, maar ik weet niet hoe ik moet beginnen.

De volgende dag neem ik remover mee en laat zien hoe ze het kan verdunnen.

'Dank je wel,' zegt ze. 'Als je wat vroeger wil pauzeren, mag dat wel, hoor.'

'Laat mij je nagels lakken,' zeg ik. 'Dat deed ik vroeger ook altijd voor mijn moeder en mijn tantes.'

We zitten in het achterkamertje, onder de plank met dildo's en eetbaar ondergoed met aardbeiensmaak. Die artikelen lopen het beste. Sheila is zo klein dat ze bijna in haar stoel verdwijnt. Ze bijt de huid rond haar nagels weg. Ik laat zien hoe ze de nagelriem moet wegduwen en druk haar op het hart om de eerste laag altijd een paar minuten te laten drogen.

'Doet dat pijn?' Ik wijs naar de afgekloven huid.

'Ik weet niet waarom hij bij me weggegaan is,' zegt ze, terwijl ze haar huid bestudeert. 'Ik ben mijn moeder niet. Ik heb deze baan al jaren. Ik heb geen schulden, ik ben manager. Ik rook niet eens.'

'Wat rot voor je,' zeg ik.

'Je bent een lieve meid.'

Terwijl ze haar nagels laat drogen, vraagt ze of ik vanavond met haar wil gaan eten, maar dan komen de nieuwe videobanden en omdat zij de enige is met een sleutel van de videokast, moeten we om beurten eten terwijl de banden worden uitgeladen.

. . .

Eddie is niet constant in de winkel.

'Ik vertrouw mijn Sheila,' zegt hij. 'Sinds zij manager is, loopt het hier op rolletjes.' Hij gaat nog even naar het kantoortje, pleegt een telefoontje, snuift een lijntje coke en vertrekt.

Voordat hij weggaat, zegt hij nog dat we de radio op een zender met soft-rock moeten laten staan.

'Mensen ontspannen zich makkelijker bij die bagger,' zegt hij. 'We willen niet dat de klanten gaan lopen nadenken. Ze moeten zich vermaken.'

Eddie heeft gelijk. De muziek lijkt te helpen. De gelukkige stelletjes zeggen blij lachend 'ooo' en 'aaa' bij de vitrines met dildo's, vooral de stelletjes die alleen maar komen kijken. Even weg uit hun mooie huisjes ergens in Darien of Rye.

'Is dit ondergoed echt eetbaar?' vraagt een man. 'Wat voor mensen kopen zoiets?' Een vrouw doet alsof ze er verlegen van wordt. Als we ze te bekakt vinden en de vrouw is blond, dan rammelt Sheila met haar grote sleutelbos, heft even haar opgemaakte ogen ten hemel en kijkt het stelletje de winkel uit met een blik die zegt: wordt er verdomme nog iets gekocht of blijf je mijn tijd verdoen met dit geruk?

En dan heb je de jongetjes uit Jersey. Te jong om zich moed in te drinken in het café. Nietszeggende gezichten met wat vlassig baardhaar en puistjes van te vet eten, vuurrode onervaren wangen. Ik ben de enige die geen hekel heeft aan hun malle kuifjes. Al het andere personeel heeft de pest aan Jersey.

'Het is echt uitschot,' zegt Sheila. Als de jongens baldadig worden, loopt ze stampvoetend naar de SM-afdeling en trekt aan een van de kettingen met tepelklemmen.

'Dit zou ik aan je lul moeten hangen,' zegt ze dan. 'Maar zonder vergrootglas vind ik die nooit. En nu opgerot voordat ik de bewaking roep.'

De bewaking, dat is Sally, een travestiet uit New Orleans. Het klikt meteen tussen ons en binnen een week hebben we een dagelijks ritueel. Tijdens onze lunchpauze drinken we whisky uit wegwerpbekertjes en roken een strakgerolde joint. Ik vertel haar over KC, mijn moeder, mijn oom, zelfs over mijn neef. Haar ogen worden vochtig.

'Fuck!' zegt Sally. 'Ik ben blij dat ik geen man meer ben. De hele wereld is naar de klote.'

We drinken nog wat en spelen mijn eerste Maceo Parker-cd, die ze me voor mijn verjaardag heeft gegeven. Het is mijn enige verjaarscadeautje.

Soms vertelt ze verhalen over de oudere travestieten in New Orleans, die – net als Bourbon Street – hun glans hebben verloren en langzaam wegrotten in de verstikkende moeraslucht van Louisiana. Ze zegt dat ik niet naar muziek van blanke jongens moet luisteren en nooit iets blauws moet dragen.

'Dat vloekt met je huid. Rood. Rood is jouw kleur.'

Sally jat elke dag iets uit de winkel. Ik denk dat Eddie dat wel weet. Hoeveel XXL teddy's kunnen er in een week verdwijnen zonder dat iemand het merkt? Ze lijken een soort stilzwijgende afspraak te hebben. Sally heeft wat met een plastisch chirurg, die Eddie weer een enorme korting heeft gegeven op de laatste borstvergroting van zijn vriendin.

'Godzijdank,' zegt Eddie, 'nu kunnen ze het daglicht tenminste verdragen.'

Ik jat ook. Het is heel makkelijk: ik sla een artikel niet aan, stop het gewoon in de tas van de klant en stop het geld wel in de kassa. In mijn hoofd tel ik de bedragen bij elkaar op, en om de paar uur haal ik het overschot uit de kassa. Makkelijk zat. De klanten die echt iets kopen, willen vervolgens zo snel mogelijk weg. Zeker de stelletjes in mooie kleren. Die betalen ook nooit met een creditcard, ook al verschijnen we op de afrekening toch alleen maar als LPPD Ltd.

. . .

Ons huis in Queens wordt geboend, gepoetst en geschrobd voor de feestdagen terwijl het speenvarken in de oven staat te wachten. De gapende dode bek van het beest, de stank van bleekwater op de tegels en het zweet op Dragutins brede voorhoofd als met hij zijn pasgekochte prooi binnenkomt – ik word er onpasselijk van.

De Pussy Cat is dicht, maar Sally nodigt me uit voor een feestje bij haar vriend Armando, en belooft dat er ook hetero's komen zodat ik me tenminste kan vermaken.

Het lege metrostel raast over een bovengronds spoor. Het hoofd van een dommelende man tegenover me wordt omgeven door een stralenkrans, eerst van het felle licht van een neonreclame voor rum met een foto van een verleidelijke vrouw, dan van de feestverlichting in de bomen, dan van de huizen waar gezinnen met de gordijnen open aan tafel zitten. De man draagt een jagerspet, met de kleppen over zijn oren, en er zit een scheur in zijn rechterschoen.

'Zalig kerstfeest,' zeg ik tegen hem.

'Zalig,' mompelt hij terug.

Armando woont op de eerste verdieping in de goedkope flats aan Avenue D. De muziek is Spaans en het appartement is tjokvol. Broers, neven, tantes, ooms, achterneven, vrienden, buren. Twee dikke vrouwen nemen de hele sofa in beslag, samen met een klein, knipogend mannetje dat als een schoothondje tussen hen in zit.

'Ik weet niet zeker wie van de twee zijn vriendin is,' zegt Sally. De dikke vrouw links mompelt iets over het vieren van de eerste dag dat het lieve kindeke Jezus de wereld met zijn aanwezigheid verblijdde, en dat zo'n kabaal dan niet gepast is. De man knippert beamend met zijn ogen. Niemand zegt iets tegen mij, dus ik laat me op de vloer zakken en leun met mijn sombere kop tegen de muur en wacht. Ik moet aan moeder denken, jank even en bons met mijn hoofd tegen de muur. Ik mis haar, ik mis haar; dit gebeuk kan het verlangen niet stillen. 'Waar ben je?' vraag ik aan het tapijt, de stoelen, de voeten en de schoenen die langslopen. Ik krijg geen antwoord.

Het feestje wordt steeds rumoeriger. Er komen nog meer mensen. De twee dikke vrouwen staan op en vertrekken, hun vriendje zowat tussen zich in meedragend. Ik ga naar de keuken op zoek naar drank. Aan de deur van de koelkast hangen foto's. Jongens in rode zwemvesten en een meisje dat met een doodsbang gezicht hand in hand staat met een reusachtige muis. Ik pak twee biertjes en keer terug naar de feestvierders die midden in de woonkamer staan te dansen. Het knipperende licht maakt rare figuren op hun gezichten. Ik zoek de wc. Onder de deur schijnt een potloodstreepje licht. Hij is bezet.

Ik ga naar beneden en loop het gebouw uit. Het is laat, maar het is een warme, droge kerstavond. Het speeltuintje bij de flat is leeg en donker. De verlaten wip hangt over de zandbak. Bij de ingang staat een auto van een beveiligingsbedrijf geparkeerd, zo te zien zit er niemand in. Het hek gilt als ik het opendoe. Ik ga op een schommel zitten en lurk aan mijn biertje.

Dan gilt het hek weer. Een blonde kerel met een ovaal gezicht gaat op de schommel naast me zitten.

'Zalig kerstfeest,' zegt hij.

'Ja,' zeg ik.

'Te veel mensen daarbinnen?' vraagt hij.

'Maar lekker bier.'

'Vriendin van Armando?'

'Ik zou nog aan hem worden voorgesteld, maar het was te druk. Hier.' Ik geef hem mijn andere fles.

Hij glimlacht, de kleine rimpeltjes bij zijn blauwe ogen doen me denken aan moeder en aan de mooie dingen in het leven.

'Wat ben je mooi,' zeg ik. 'Hoe heet je?'

'Scott,' zegt hij. 'Kom, dan gaan we ergens anders iets drinken.'

'Waar?'

'Hier vlakbij is een leuke bar.'
'Welke dan? Ik ken alle bars,' zeg ik.
'King Tut's Wa Wa Hut.'

Ik ben nog nooit in de Hut geweest. Daar komen alleen blanke junks. We lopen langs de uitsmijter, die op een stoel zit te dommelen. Scott loopt recht op de jukebox af. Dat maakt me nerveus. Ik wil hem in mijn buurt hebben, dus ik kijk hem na tot hij is verdwenen in de menigte. Boven de bar hangt een glimmende afbeelding van het hoofd van Jezus met een doornenkroon. Ik zet een stap achteruit. Jezus geeft me een knipoog. Nu heeft hij ineens een baard, een gouden tand en een vette grijns op zijn gezicht.

'Wat mag het zijn?' vraagt het lange, slanke meisje achter de bar.

'Hoe noem je dat?' Ik wijs achter haar.

'Drank,' zegt ze.

'Nee, die vent daarboven, die knipoogt.'

'Jezus.'

Scott komt terug en ik zie ineens dat hij nauwelijks groter is dan ikzelf. Ik vraag me af of ik zijn zwart-met-zilveren cowboylaarzen zou mogen dragen.

'Je haar is chocoladebruin in dit licht,' zegt hij.

'Dank je.'

'Wat dacht je van een potje biljarten?' vraagt hij.

'Wat dacht je van een potje drugs?'

Hij haalt een grote pil uit zijn zak.

'Wat is dat?' vraag ik.

'Goed spul.'

'Hoe kom je aan die laarzen?' vraag ik.

'Zuid-Amerika.'

'Welke?'

Hij kijkt een tijdje aandachtig naar mijn gezicht.

'Waar kom jij vandaan?' vraagt hij.

'Dezelfde plaats als die pil.'

Het duurt weken voordat we zoenen. Hij zegt dat hij me eerst wil leren kennen, dat hij bang is om het te overhaasten. Ik begrijp het niet, maar ik ben graag bij hem en luister graag naar zijn stem, dus ik wacht. Hij gebruikt slechts een paar keer per week, zo houdt hij het onder controle, zegt hij. Zijn woning is piepklein. Eén kamer maar, met een koelkast en daarop een vies oventje, en daar weer bovenop een tv. 'Ik eet buiten de deur,' zegt hij. In restaurants, bedoelt hij dan. Zijn matras is schoon maar uitgewoond. Hij heeft hem van een voormalige huisgenoot, die naar een ontwenningskliniek is gegaan nadat ze hun vorige appartement waren kwijtgeraakt. Ze hadden al vijf maanden geen huur betaald en de huisbaas wilde hen eruit hebben, dus stopte Scott zijn kleren in een plastic zak en ging ervandoor. De dag erna kwam hij nog even terug om wat cd's te zoeken die hij had vergeten. Toen was de woning al leeggeplunderd. Op de matras na. Die lag als enige nog midden in de kamer. Hij beschouwde dat als een teken en sleepte hem helemaal van Orchard Street hierheen.

'Prachtig,' zeg ik, en ik strijk met mijn hand over de matras, waar geen laken op zit. Hij is smal en we slapen er diagonaal op, in elkaars schoot, in de eerste nacht dat hij me hier laat slapen.

'Ik hou van je huid en al die moedervlekjes,' zegt hij.

'Het zijn onvolkomenheden,' zeg ik.

'Volmaakte onvolkomenheden.'

Zijn lichaam is tenger, bijna meisjesachtig. Een bleke borst, haarloos en plat, niet gespierd, alsof hij aan een ernstige kinderziekte heeft geleden. Zijn buik is ietsje breder dan zijn heupen. Als we eindelijk vrijen, wil hij me in de ogen kijken. Dat kan ik niet, en zijn gezicht betrekt. Hij vrijt lief, langzaam en zacht, tastend. Als hij klaar is, valt hij in slaap, triest en ineengedoken. Ik streel zijn wangen, net zoals moeder bij mij deed als ik lief was geweest – alleen ruiken mijn handen naar glijmiddel – en ik zeg tegen hem: 'Maak je geen zorgen, ik ben er.'

· · ·

Scott zoent me in het openbaar. Hij zegt dat ik prachtig ben en stelt me aan iedereen voor als zijn vriendin. Het voelt onwennig om niks te hoeven verbergen. Soms ben ik er trots op, soms kan ik het niet uitstaan. Soms allebei tegelijk. Mensen lachen naar ons. Leuk stel, zeggen ze. Ook al zijn we dan verslaafd.

Als hij zijn loon heeft gekregen, gaan we met zijn vrienden naar een restaurant. Dan zit ik naast aardige mensen die interesse in me tonen.

'Hoe was het om op te groeien onder het communisme?'

'We maken er maar het beste van.' Ze geloven alles en er spreekt een onverdeelde aandacht uit die goedgelovige gezichten, die het nooit echt zwaar hebben gehad. Ze praten over hun ouders. Hoe die hen belemmeren in hun zelfontplooiing. Ik begrijp er niks van maar ik vind hen geweldig.

Ze vragen of ik daar mensen heb achtergelaten. Ik moet aan vader denken en vertel een verhaal. Toen ik nog klein was, zeg ik, vertelde mijn vader, een beroemd professor, over de paarden van Helios, die de zon in een wagen langs de hemel trekken, en dat hij daarom zo fel schijnt. Aan het eind van de dag worden ze moe, gaan steeds langzamer rijden en laten hun kop hangen. En hij vertelde over Apollo, de god der goden, die dappere mannen op hun fouten wijst. De god der goden, zeggen ze mij na. Iedereen vindt me heel intelligent. Scott is trots op zijn vriendin. Ze vragen of ik wel eens sushi heb gegeten. Ja, lieg ik. Dan wordt er opgediend en ben ik ontdaan. Niet omdat het rauwe vis is, maar omdat ik heb gelogen. Ik lieg tegenwoordig voortdurend. Het is ook zo makkelijk.

Als ik 's nachts niet stoned ben, krijg ik paniekaanvallen. Dan ligt er een steen op mijn borst en wil ik Scott wakker maken, tegen zijn slaperige gezicht fluisteren dat ik een verschrikkelijk mens ben. In plaats daarvan strompel ik naar de keuken, neem een borrel en wacht tot de alcohol de tranen verdrijft die in mijn glas vallen. Soms laat de troost lang op zich wachten. Ik pak het handspiegeltje waarop we onze lijntjes snuiven. Ik lik het schoon, gebruik het dan om te controleren of Scott nog ademhaalt en huil van opluchting als het glas beslaat. Ik wil niet dat hem iets overkomt. Ik wil niet dat hij pijn heeft of kou lijdt of bang is. Ik stop hem in en als zijn tenen koud zijn blaas ik erop tot ze warmer zijn. Ik geloof dat ik niet eens van hem houd, maar toch ben ik bang dat ik hem ongeluk breng, het ongeluk dat ik altijd met me meedraag. Soms wordt hij wakker, veegt een paar 'neustranen' weg, zoals hij die noemt, omhelst me en wiegt me in zijn armen en fluistert: 'Ik hou van je, schoonheid,' tot ik wegzink in een bodemloze slaap.

's Ochtends is alles makkelijker. Hij vraagt nooit naar de voorgaande nacht, praat er niet over. We doen alsof er niks is gebeurd en zijn weer gewoon vriendje en vriendinnetje. Hij is nooit kwaad. Ik vertel hem niks over mezelf, vertel alleen grappen uit de winkel. Ik denk dat ik hem kwets met mijn zwijgen en hij draait me zijn lange, tengere rug toe als hij slaapt. De kleine ruggenwervels duwen tegen zijn blanke huid, net als die van moeder. Dan omhels ik hem en zeg 'te amo, wees niet boos'.

Zelfs als hij zegt dat hij niet boos is, gaat hij toch weer met zijn rug naar me toe liggen. Ik sla mijn armen om hem heen en blaas mijn adem in de haartjes onder aan zijn hals. Ik weet dat hij verdrietig is om ons. Hij zegt: 'Ik weet dat je niet bij me blijft.' Hij zegt niet dat dat komt omdat ik niet bij één man kan blijven, zoals KC zei, maar hij is ook jonger dan KC en niet zo slim.

Hij kust de binnenkant van mijn elleboog en fluistert: 'Je kunt niet bij me blijven, je bent te veel voor me. Wie kan jou bijbenen?' Ik begrijp het niet, maar ik weet dat hij meent wat hij zegt.

'Ik blijf wel bij je,' fluister ik. 'Dat beloof ik je.' Hij glimlacht. 'Ik zal mijn best doen,' zeg ik. En als we geen geld meer hebben voor dope drinken we Jägermeister, kruipen tegen elkaar aan en proberen ons warm te voelen.

Ik ben nooit officieel bij Scott ingetrokken of weggegaan uit Queens. Op een nacht sluip ik gewoon, zo stoned als een konijn, met mijn moeders koffer in de hand het huis uit. Irene springt op en tast naar haar geldbuidel, ziet dan mijn koffer, en zegt dat ik naar de verdommenis ga. Ik haal mijn schouders op en trek de deur achter me dicht.

Bij Scott pak ik de witte Samsonite-dameskoffer niet uit, ik schuif hem gewoon achter de deur. Scott lijkt blij dat ik bij hem kom wonen. Hij zegt dat het zo goed is. Een tijdje doe ik alsof hij gelijk heeft. Hij gaat elke ochtend naar zijn werk. Als hij terugkomt, zit ik nog voor de tv of sta net op het punt om naar de Pink Pussy Cat te gaan. Ik vergeet altijd te vragen of hij een fijne dag gehad heeft. Ik neem mezelf voor om dat de volgende keer wel te doen, om een goede vriendin te zijn voor mijn lieve Scott. Maar als hij thuiskomt en naar me lacht – en hij heeft altijd iets voor me meegebracht – dan ben ik zo blij om hem te zien dat ik dat voornemen op slag vergeet.

Aan de andere kant van de overloop is nog een appartement. Ace en zijn boeltje, zegt Scott. We horen ze ruziën als we thuiskomen en onze voordeur opendoen. Het meisje komt uit de Dominicaanse Republiek, zegt Scott, een van die eilandstaatjes tussen de twee Amerika's in. Een mooi, klein meisje. Op een avond kom ik haar tegen op de trap, ze draagt een jurk van goudlamé en ik zeg: '*Hola*.' Ze kijkt de andere kant op. Ik denk dat ze zich geneert en niet weet dat ik ook maar een arme immigrante ben, ook al heb ik dan een *gringo* als vriendje. Er woont ook een jongetje bij hen, het zou haar zoon kunnen zijn maar ik weet niet of Ace de vader is. En ze hebben nog een hondje, dat ze nooit uitlaten.

Ace doet joviaal tegen Scott. Vanaf het moment dat ik hem zie heb ik een hekel aan hem. Hij doet me denken aan Monica's Larry. Bij onze eerste ontmoeting vraag ik of hij uit Noord-Florida komt. Hij reageert verontwaardigd.

'Noord-Florida? Jezus, daar wonen alleen negers en *rednecks*. Nee, schatje, ik ben een beschaafde heer uit Georgia.'

Hij is pooier. De moeder van het jongetje werkt voor hem. Hij heeft nog twee meisjes in Queens, maar die zijn verslaafd aan crack en brengen in Manhattan niks meer op, klaagt hij. Vroeger kon hij met hen alledrie tegelijk uit winkelen gaan. Geen pooier in de hele buurt die zoveel voor zijn meisjes doet.

God, wat is het toch een goedzak, hij heeft in het Zuiden zelfs valse geboortebewijzen voor ze gekocht en hij is bezig met een werkvergunning. Het meisje is hier illegaal en spreekt geen Engels. Ik geloof geen woord van wat hij zegt, maar ik weet niet hoe ik haar dat duidelijk kan maken.

Hun werkschema is heel overzichtelijk. Ze vertrekken om een uur of tien. Ace betaalt de vrouw van de conciërge om op de jongen te passen. Die kan slecht in slaap komen, zij blijft bij hem tot hij slaapt. Dan draagt ze hem naar beneden en past daar op hem. Als ik 's nachts niet kan slapen, hoor ik Ace en het meisje rond vieren thuiskomen. De buitendeur gaat open. Ze kloppen bij de conciërge aan en wachten even. Dan snelt Ace de trap op en loopt het meisje op haar naaldhakken langzaam achter hem aan, de slapende jongen in haar armen. Ace helpt haar nooit.

Als er een vaste klant bij haar op bezoek is, komt Ace bij ons wat drugs gebruiken. Het jongetje gaat dan op het schoolplein spelen. Ace klaagt dat zijn drie meisjes de laatste tijd niet regelmatig werken en dat hij bijna blut is, met al hun ziekenhuisrekeningen.

'Ik word gek van die klotecrack, man. Ze denken nergens anders meer aan. Ze hebben het nog liever dan een lul in hun reet. Het hele land gaat eraan kapot, neem dat van mij aan, en de overheid heeft niet genoeg geld om er iets aan te doen.'

'Je hebt gelijk,' beaamt Scott.

'Ik zweer je, ik kan me de dag niet meer heugen waarop ze alledrie tegelijk gewerkt hebben. Teringzooi. Ik geef ze verdomme te vreten en wat krijg ik er godverdomme helemaal voor terug?'

Als ons bier op is, geeft hij Scott twintig dollar om nog wat te gaan kopen. Zodra Scott de deur uit is, begint hij tegen mij.

'Jij,' grijnst hij en hij laat zijn blik over mijn lichaam glijden, 'met die rechte rug en die trotse blik. Jij bent een heel ander verhaal. Een dure opvoeding, dat zie je zo. Als ik wat chique kleren voor je koop en een luxe hotelkamer huur, stroomt het geld zo binnen.'

'En hoeveel mag ik daar dan van houden?' vraag ik.

'Kom op, je kent de regels. Ik hou het geld en wij gaan elke dag even winkelen.'

'Je bent een klootzak,' zeg ik.

'Ik ben gewoon een zakenman. Ik zou om de zoveel tijd een paar obligaties voor je kopen. Deed ik voor mijn meisjes ook, tot ze de zaak begonnen te verkloten. Dan kun je er op een goeie dag gewoon uitstappen. Je kunt niet je hele leven blijven tippelen.'

13

De enige boom in de straat is te vroeg uitgebot, misleid door een weekje mooi weer kort na nieuwjaar. Nu is het april en is hij kaal en heeft geen knoppen meer. Ik giet wat lauw bier in het kleine vierkantje aarde rond de boom en hoop dat hij niet doodgaat.

Ik zit op de trap bij de voordeur te drinken en kijk naar de mensen die voorbijsnellen. Uit verschillende geparkeerde auto's klinkt muziek. Het dissoneert, maar het houdt me tenminste bezig. De daklozen demonstreren tegen een of andere misstand, omringd door rijke would-be redders die daarvoor hun dure wijken hebben verlaten. 's Avonds zul je die hier niet zien.

Er komt een meisje naast me zitten, een prachtig, mysterieus meisje dat ik meteen wil leren kennen. Rond en volmaakt. Zachte witte huid, blote armen. Zelfs bij jonge mensen kun je al zien in welke richting hun huid later zal oprekken. Hoe hij zijn jeugd zal verliezen. De huid van Heather is richtingloos. Een weidse zachtheid die uitnodigt tot strelen, kussen. Nooit zag ze er zo mooi uit als op de dag dat we elkaar hebben ontmoet. Die middag was ze op haar hoogtepunt.

De mannen die op straat langslopen voelen het ook. Ze veranderen. Rug recht, borst vooruit. Ze lacht naar hen en zegt iets, maar ik luister niet. Ik word een beetje licht in mijn hoofd bij het zien van haar rode krullen op die gladde huid. Ik wil haar. Ik wil dat ze mij wil. Ik wil dat Scott haar bezit. Ik wil dat KC hier is en verhalen afsteekt voor dit natuurwonder, tot ze net zo naar hem verlangt als ik. Ik moet haar hebben. Elke vezel in mijn lijf richt zich nu op haar. Ik ga ook rechtop zitten.

'Hoe heet je?' vraag ik.

Heather komt uit het zuiden en is stripper. Beautease noemt ze het zelf. Ik lach. Geen lichamelijk contact of andere vunzigheid, en het betaalt goed. Ik vertel Despina's verhaal over climax-massages.

'Gadver,' zegt ze walgend. 'Wat heavy. Als je kinderen hebt, wordt het zwaar. Dan moet je van alles doen. Mijn artiestennaam is Jessica Rabbit, vanwege mijn rode haar, snap je wel. Je zou het eens moeten proberen,' zegt ze. 'Met dat figuur en die tieten van jou kun je een fortuin verdienen.'

. . .

Later die avond, onze eerste avond, op een verjaarsfeestje in de Alcatraz, zingt ze *Happy Birthday, Mr President* en trekt haar topje uit om te laten zien hoe makkelijk het is. Dat haar tepels klein en roze zouden zijn, wist ik al. Door de flikkerende Corona-lamp die voor het gebarsten raam hangt, krijgen ze een oranje tint. Dan weer roze. Dan weer oranje. Ik houd mijn vingers ervoor en maak het silhouet van een konijn. Dan een eend.

Er is die avond ingebroken in de Alcatraz, zodat er alleen nog goedkope drank over is. Professionele klus, zegt een uitsmijter. Russen. Ze hebben de dure shit meegenomen, zodat voor ons alleen nog goedkope whisky resteert.

Terwijl iedereen zich vergaapt aan Heathers lijf, druk ik een fles goedkope whisky achterover en daarmee gaan we naar haar flat. Ze woont samen met haar vriend, Howie. We verdelen de twee zakjes heroïne die ik bij me heb en dan wil ze me laten zien hoe ze in de striptent danst.

'Alsof je aan het neuken bent,' zegt ze. 'Het is doodsimpel en die viezeriken geilen er enorm op. Ze smijten met geld dat het niet mooi meer is. Howie vindt het niet erg,' zegt ze, en ze trekt zijn broek omlaag. 'Wees maar niet bang. Hij is slap van de heroïne, hij maakt nu niks klaar.'

Howie zit in een bandje dat zich Blitzpear noemt, wat iets betekent in het Duits, ook al komt hij zelf uit Jersey. Hij rookt

Gitanes en als ik zeg dat ik zigeunerbloed heb, beweert hij dat ik uit mijn nek lul, met mijn accentloze Engels. Hij gelooft nog eerder dat ik uit Nebraska kom en Jane heet.

'Jane, ja, dat moet je artiestennaam worden,' lacht Heather en ze trekt me tussen haar benen. Het is raar om zo met mijn vingers aan een vrouw te voelen, ook al heb ik het zelf zo vaak gevoeld. Ze is warm en smaakt naar zeep en ik begrijp waarom mannen graag in haar willen.

's Ochtends eten we eieren. Roerei voor mij, omelet voor Heather.

'Noem me maar Jessica als er niemand in de buurt is,' zegt ze. 'Dat vind ik opwindend.' Ik zeg: 'Jessica' en we zoenen.

Howie slaapt door terwijl wij ontbijten.

'Hij kan niet tegen whisky,' zegt ze. 'En hij slaapt sowieso veel. Anders zou hij ook te saai zijn.'

Howie, Scott, Heather en ik zitten hele ochtenden, middagen en avonden, soms twee dagen aan een stuk, bij ons of bij hen thuis. Aan het licht op de ramen aan de overkant zien we hoe de tijd verstrijkt. We snuiven en drinken, en kijken soms toe hoe Heather en Howie het met elkaar doen. Als we daar zin in hebben. Als we het beu zijn, beginnen we opmerkingen te maken over zijn buikje en de rode schuurplekken op haar rug, en dat twee mensen met elkaar zien vrijen alleen de eerste keer opwindend is, net als een nieuwe seksvideo. Na een tijdje wordt het saai en weet je van allebei precies wanneer ze gaan klaarkomen. Dan weten we dat het tijd is om de tv aan te zetten en vragen we of ze het een beetje stil kunnen houden.

Soms komt Heather thuis met Kevin, een bloedmooie ex-junk uit San Francisco die een oogje op haar heeft, iets wat Howie blijkbaar niks kan schelen. Heather brengt met haar strip-act al het geld binnen, dus van Howie mag Kevin best bij ons rondhangen, als hij zijn handen maar thuishoudt. Ik ben jaloers op Kevin. Als hij doorzet, kan hij haar wel versieren. Zijn verhalen zijn supercool. Hij is een geadopteerd kind uit Venezuela of Costa Rica, of een beetje van allebei, de details zijn telkens een beetje anders. Zijn echte moeder was een heel mooie prostituee. Zijn vader een zeerover uit Nederland. Hij zit erbij terwijl wij gebruiken en vertelt over zijn vader, die met zijn beruchte schoener de kust bij Caracas onveilig maakte. We weten allemaal dat het lulkoek is, behalve misschien dat hij een geile moeder had, maar zijn shit is goed en zijn verhalen zijn boeiend.

. . .

Een paar maanden lang waren we die zomer onafscheidelijk. Vrienden en minnaars. Onze zomer. Heather was het eerste meisje dat ik ooit zoende. Haar onbehaarde mond was gekmakend lekker. Toen ik hem voor de eerste keer aftastte met mijn lippen, moest ik denken aan moeder en aan Len, en vroeg ik me af of Len de gevangenis had weten te ontlopen. Een kil voorgevoel sneed door mijn buik, het antwoord was nee.

. . .

Jaren later, toen ik mijn best deed om een goede echtgenote te zijn, liep ik langs een sekswinkel. Ik had mezelf inmiddels aangeleerd om daar met gepaste ontzetting op te reageren. Toen zag ik Heather op de omslag van een gangbang-video. Ze zag eruit als een afgeleefde junk, maar ik vond haar nog steeds oogverblindend. Ik wachtte even tot mijn echtgenoot was doorgelopen zodat we wat privacy hadden, boog voorover en drukte een kus op het vuile raam.

. . .

Op het werk duik ik elk halfuur de wc in om een beetje te snuiven. Als ik dat heb gedaan, kijk ik in de spiegel naar mijn ogen, de kleur van opgedroogde modder. Het lukt me niet meer om geld uit de kas te jatten. Ik kan de getallen niet meer optellen in mijn hoofd. In plaats daarvan steel ik koopwaar en geef mijn buit aan Heather. Zij verkoopt de spullen vooral aan de meisjes in de clubs waar ze danst. Ze betalen de helft van de prijs en bedanken mij via Jessica Rabbit. 'Zeg maar tegen die aardige vriendin van je dat ze cool is.'

Sheila heeft me wel door. Ze praat niet meer met me, luncht niet meer met me. Ik weet dat ik deze baan niet kan houden, dus ik snaai zoveel teddy's, tepelsterren en met bont gevoerde handboeien als ik kan, ik neem niet eens de moeite meer om mijn tas dicht te ritsen. Telkens als ik met een propvolle rugzak de winkel verlaat, kijkt Sally de andere kant op, maar ik zie dat ze zich zorgen maakt.

Het duurt nog een maand voordat ook Eddie het doorheeft.

'Vuile teef,' sist hij. Ik geloof dat hij me zelfs een dreun wil verkopen, maar daar is hij een te grote slappeling voor. Niet alleen omdat ik sterker ben. Als ik terug zou slaan, weet hij dat Sally geen vinger zou uitsteken om hem te helpen.

'Je bent ontslagen, vuile teef,' zegt Eddie. 'Geef me de sleutels.'

'Hou je sleutels maar,' roep ik terug, 'iedereen die ik ken heeft ze al.' Er zitten dure sloten op en daarom geeft hij me nu toch bijna een mep. Maar ik vertrek geen spier en hij deinst terug.

'En nu mijn loon,' zeg ik.

Tot mijn verbazing geeft hij dat nog ook.

Sally staat buiten bij de deur, met een pesthumeur. Er zijn net een paar Portoricaanse jongens langsgekomen die haar lastig vielen. Ze moest tegen een van die kleine opdondertjes hardhandig optreden om duidelijk te maken dat een zwarte uit het Zuiden niet met zich laat sollen, ook al heeft hij mooie tieten. 'En nu jíj weer die ervandoor gaat, en Eddie die weer eens laat zien wat voor eikel hij is...'

We gaan naar het pleintje achter de Slaughtered Lamb en roken een joint tot zij een beetje gekalmeerd is.

'Wat ga je nu doen?' vraagt ze.

'Het komt wel goed.'

'Waar ga je wonen?'

'Bij die knul waar ik mee optrek.'

'Welke knul?'

'Een blanke knul die ik ken.'

'Dus daarom heb je er zo'n rotzooi van gemaakt. Jij met een blanke knul? Dat wordt nooit wat,' zegt ze.

'Nee, hij is wel oké, denk ik.'

'Het zoveelste slachtoffer.'

'Wat wil je daarmee zeggen?'

'Ik had nooit gedacht dat jij nog eens zou verdwijnen in de blanke wereld.'

'Jezus, Sally, hij deugt heus wel. En wij houden contact.'

'Helemaal niet. Shit, schat, ik heb er een slecht gevoel over, zoveel als jij gebruikt, en dan met een blanke knul gaan hokken.'

'Die joints maken je paranoïde.'

'Dat denk ik niet.'

'Wat jij wil.'

'Daar heb je het al, nu ga je ook al praten als een blanke meid.'

Als ik afscheid neem, komen de tranen en trekt ze me tegen zich aan.

'Luister,' zegt ze. 'Er zijn drie dingen die je nooit mag vergeten: draag rood op Vastenavond, bid voor me en luister naar James Brown.'

'Die schreeuwlelijk.' Ik geef haar een knipoog en loop haar leven uit.

. . .

Heather is teleurgesteld dat ze geen spullen meer krijgt en zegt tegen me dat ik als stripper vijf keer zoveel kan verdienen als bij de Pink Pussy Cat.

'Wat maakt het uit? Je loopt er toch al bij als een hoer,' lacht ze. 'Strippen betekent alleen dat je je beha uittrekt terwijl je op het podium staat, of op de bar waar de kerels staan te drinken. In New Jersey mag je met beide benen op de bar staan, maar moet je beha aan blijven en verdien je geen reet. Daar stoppen de kerels je dollarbiljetten toe. Die schuiven ze in je ondergoed. Soms vragen ze om meer te zien, wat dat betreft zijn kerels echt om te kotsen,' waarschuwt ze, 'maar daar moeten ze meer geld voor geven. En vijf is ook niet genoeg, hoor. Voor tien dollar kun je ze een beetje haar laten zien.'

Ik mag op auditie bij het boekingsbureau. Heather en ik lopen naar het Flat Iron Building in 23rd Street. De deftige regionen van de stad, hier komen we anders nooit.

'Poepiesjiek,' zegt Heather.

De lift is klein en bedompt en zacht van binnen. De gang bovenin lijkt nauwer, maar ik weet dat ik me dat inbeeld. In het kantoor liggen overal stapels folders en aan de muur hangen foto's van beroemde honkbalspelers. Jimmy, de baas van het kantoor, zit te bellen. Hij wuift mij naar binnen en Heather blijft buiten wachten.

'Wie ben jij?' vraagt hij.

'Ik heb gebeld.'

'Naam?'

'Sasja.'

'Echte naam of artiestennaam?'

Ik was vergeten dat Heather had gezegd dat ik een artiestennaam moet hebben.

'Artiestennaam,' zeg ik snel.

'Goeie. Sexy. Klinkt Russisch. Waar kom je vandaan?'

'Nebraska. Ik heet Jane.'

'Het kan me niet schelen hoe je echt heet. Laat eens zien hoe je eruitziet.'

Ik trek langzaam mijn trui uit en wou dat ik een shirt aan had of iets anders met knoopjes of een rits. Drugs helpen wel goed tegen de zenuwen, maar buiten is het een gewone dag en dit is een fatsoenlijk kantoorgebouw.

Jimmy wendt zijn blik af van mijn tepels. Bruin is niet zijn lievelingskleur.

'Draai je eens om,' beveelt hij.

Hij bekijkt de welving van mijn rug, grijnst alsof hij een openbaring heeft gehad waarmee hij bijzonder in zijn nopjes is en zegt: 'Gordon's.'

Ik heb wel van Gordon's gehoord. Een striptent een heel eind hier vandaan, in Jamaica, Queens. De eigenaar is een Griek. Peter heet hij, zijn achternaam heb ik nooit goed verstaan. Hij woont al 35 jaar in Queens en houdt zich al 32 jaar verre van Manhattan. Toen hij daar als jonge immigrant nog bij de vuilnisdienst werkte, kreeg hij in een café ruzie met een paar Italianen die hun verloren weddenschap niet wilden inlossen. Ze sloegen hem in elkaar en lieten hem bewusteloos en besmeurd met stront achter in een vuilnisbak. Sindsdien zweert Peter dat hij nooit meer een stap in Manhattan zal zetten, of het moet zijn dat een van zijn kinderen (en dan alleen een van de jongens) gered moet worden uit een brandend gebouw in een van die vreselijke wijken daar.

Hij is verbaasd dat ik vloeiend Grieks spreek. *Den pistevo*, niet te geloven, weet je zeker dat je geen Griekse bent? In Glyfada gewoond? Nee! Wat een mooi accent heb je. Wat doet je vader?

'Jezus,' zegt hij dan bezorgd. 'Hoe kan een brave, mooie meid als jij, *omorfoula*, met een professor als vader, zo diep zinken?'

Dat doet pijn, maar ik laat het niet merken. 'Hoezo diep zinken?' lach ik. 'Je bedoelt dat ik meer lol heb dan je dochters?' Zijn goeie bui is meteen voorbij. Ik heb de oude regel overtreden: geen opmerkingen over respectabele vrouwen in het openbaar, zeker niet uit de mond van een snol. Ook al was het dan Pericles, de beste van alle Grieken, die van zijn sluwe hoer de koningin van Athene maakte.

De eerste keer op het podium sta ik te trillen van de zenuwen. Het schaakbordpatroon van de tegeltjes waaiert alle kanten op en de tafeltjes van de klanten lijken ver weg en diep beneden me te staan. Trillend klim ik het podium op, bang dat ik ga vallen. Ik moet met één been op het podium blijven staan en het andere op de tafeltjes zetten, zodat de mannen hun dollarbiljet in mijn string kunnen schuiven, dus dat probeer ik zo goed mogelijk te doen.

De club is leeg. Er zit maar één man aan een tafeltje bij het podium. Hij is groot en zijn overhemd is heel schoon. Hij knikt en ontbloot het mooiste gebit dat ik ooit heb gezien. Dan legt hij het opgevouwen dollarbiljet op de rand van het podium. Ik trek mijn schoen uit om mijn eerste dollarbiljet op te rapen met mijn tenen, zoals Heather dat kan. Hij fronst als hij de vuile vegen op mijn huid ziet. Mijn benen waren klam van het zweet toen ik me omkleedde en het vuil op de vloer in de kleedkamer is eraan blijven kleven. Ik veeg met de vuile plek tegen mijn andere scheenbeen, maar hij houdt me tegen.

'Ik vind het niet erg,' zegt hij en hij krabt met zijn vingernagel over mijn been. Ik ontspan een beetje. Misschien is het wel een aardige vent.

'Laat je poesje eens zien,' zegt hij.

· · ·

Doordeweekse avonden zijn voor de vaste klanten. Dan willen de clubeigenaren een gezellige familiesfeer creëren. Tussen de optredens door zitten de meisjes aan tafeltjes in de zaal en eten een Chinese of Indiase afhaalmaaltijd. Er circuleren drugs onder de blanke meisjes en sommige klanten, maar meisjes met littekens op hun armen krijgen niks. Voor zwarte meisjes zijn drugs ten strengste verboden. Als een zwart meisje een slechte of droge huid heeft, wordt ze uit het rooster geschrapt. Dat noemen we de strippersdood.

Na een maand krijg ik een vroege weekenddienst.

'Pete mag jou wel,' zegt Jimmy, 'en hij denkt dat je het goed gaat doen.'

Een vrijdagmiddagdienst is een grote gunst. Het verdient beter, maar Peter zit dan thuis en zijn weekendmanager Giannis is een lul. De meiden noemen hem Kuttenkop. Hij wil nergens blote voeten zien, niet als je iets zit te drinken en zelfs niet op de wc. De wc-deuren moeten open blijven en om de tien minuten stormt hij binnen, hij gooit de klapdeur al open voordat wij hebben opengedaan en wacht tot er iemand naar de wc gaat. Een van de meisjes biedt dan aan om te plassen waar hij bij is. Dan is hij weer een halfuurtje tevreden, zodat we in alle rust high kunnen worden.

Giannis heeft de pik op me. Hij kan het niet hebben dat hij een meid als ik, zo'n Oost-Europese boerentrien, in zijn chique tent moet laten werken.

'Die junkenstreken slikken ze misschien bij de nikkers,' dreigt hij, 'maar hier niet. Als je geen grip op jezelf krijgt, kun je het hier wel schudden. En dit is de bestbetalende bar van allemaal, zeker op zo'n vroege vrijdagdienst, met een tent vol geschifte chassidim die zelfs met geld smijten naar lelijke meiden. Dus sleep jezelf die zaal in en neem een drankje. En neem verdomme iets duurs, geen glaasje prik van vijf dollar of een godvergeten pilsje. Een droomvrouw drinkt geen bier.'

Op vrijdag- en zaterdagavond zit de tent vol rappers of would-be rappers – de praatjesmakers, noemt Mercedes ze. Mercedes is de mooiste van de lichtbruine meisjes. Zij zit vaak stiekem met mij te chinezen, dan geven we een van de andere meiden twintig dollar om op wacht te staan voor Giannis.

Mercedes Diaz. Mercedes, de Schoonheid. Afrika en China zijn in gelijke mate in haar gezicht vertegenwoordigd. Haar ogen gloeien als zwarte parels, lichtjes bijgevijld in de hoeken. Trots en waardigheid straalt ze uit. Iedereen kijkt om waar zij verschijnt. Zelfs de serveersters blijven even staan om te zien hoe ze haar set begint. Ze hoeft geen wilde dingen te doen. Ze kan gewoon het trapje oplopen, haar kralentasje neerzetten en loom haar jurk uittrekken zonder de kerels ook maar aan te kijken. Dan regent het al dollarbiljetten.

Soms zitten er ook een paar gasten bij die wel deugen. Bendeleden, of echte artiesten die bezig zijn aan een album. Die zitten achterin en houden zich gedeisd. Als we hen op gang krijgen, wordt het feest. Dan neemt een van hen de muziek over. Handen vol geld pleisteren Giannis' mond dicht. Ze springen op het podium en dansen met ons, ze roepen '*Go sister, sister*' en werpen ons hun gouden ringen en kettingen toe. Een van hen, een jonge knul, waarschijnlijk jonger dan ik, hangt zijn ketting met een robijnrode sfinx om mijn hals en zegt: 'Rood is jouw kleur, schat.'

'Een zwarte knul uit New Orleans heeft dat ook al eens tegen me gezegd,' zeg ik.

Hij lacht en zegt: 'Drink iets met me. Toe.'

14

Ik weet niet meer in welke straat het was of op welke dag van de week, dat ik Jay ontmoette. Ik weet alleen nog in welk jaar, en dat het Franco was, een van de dealers die ik uit de Gordon's kende, die ons aan elkaar voorstelde.

Ik kijk strak omlaag zodra ik ze zie komen, wil snel de straat oversteken voordat Franco me ziet.

'*Hola*, Sosja.' Hij heeft me al gezien en spreekt mijn naam verkeerd uit, zoals hij ook altijd doet als hij naar me schreeuwt op het podium.

'*Hola*, Franco.'

'*Tu me conoces?*' Hij grijnst. We hebben elkaar nooit echt gesproken, hebben nooit samen iets gedronken.

'*Sí,*' zeg ik. 'Iedereen kent jou.'

De man die naast hem loopt, kijkt ernstig. Hij draagt het schoonste, witste T-shirt dat ik ooit heb gezien. Hij doet een stap naar voren en zegt: '*Hola*, Sasja.' Spreekt het wel goed uit. Zegt: 'Prachtig haar, *Bonita*.' Hij kust mijn hand. Ik heb nog nooit een handkus gekregen, nu begrijp ik waarom iedereen er zo lyrisch over is.

Jay heeft de grootste heroïnehandel in de East Village, de Wasserette noemen ze het, in 7th Street tussen Avenue B en C, en hij is lid van de Latin Kings. De rij voor zijn deur is soms zo lang dat hij van het midden van het blok helemaal tot 6th Street reikt. De hardrockers die in de 7B Bar biljarten en Jack Daniel's drinken, staan dan te spotten met die verslaafde losers die braaf in de rij staan.

Jay heeft een zwarte band in een of andere vechtsport, ik

vergeet altijd welke precies, iets met twee of drie woorden dat met Bruce Lee te maken heeft. Hij is veganist en drinkt geen druppel alcohol. Hij heeft ook een kleine vechtsportschool voor de kinderen in de buurt, die hij zelf financiert. De enige toelatingseisen zijn dat de ouders verslaafd zijn, dat de kinderen Spaans spreken en dat ze zelf niks gebruiken.

Jay houdt van mij op dezelfde manier als KC. Ik weet niet precies wat dat inhoudt, maar het voelt hetzelfde en mijn honger naar drugs wordt wat minder. We zijn geen minnaars. We zijn nooit minnaars geworden. Maar ik hield van hem. Ik houd nog steeds van hem.

We wandelen samen. We maken lange wandelingen in het Tompkins Square Park. Hij geeft briefjes van vijf dollar aan de daklozen, die hem kennen en hem Papa Jay noemen. We voeren de duiven met duur Italiaans brood van bakkerij Veniero. Ik vraag hem om met me naar een bar te gaan. Maakt niet uit welke.

'Het hoeft niet hier in de buurt te zijn,' smeek ik. 'Toe nou.'

'Alcohol is de wortel van alle kwaad,' zegt hij.

'Dat was toch geld?' zeg ik.

Hij blijft staan en denkt daar even over na. 'Je hebt gelijk,' zegt hij.

Ik vertel hem al mijn verhalen. Over moeder. Over KC. Over mijn familie. Zelfs over mijn neef, en hoe ik hier gekomen ben. Hij luistert en begrijpt me, denk ik.

'Ik wou dat ik er toen geweest was om je te helpen,' zegt hij. 'In plaats van die klootzakken. Maar nu kan ik je wel helpen. Hier, pak aan, om jezelf te beschermen.' Hij geeft me een pistool.

Ik heb geen idee waarom Jay me dat pistool gaf. Als hij nog zou leven, zou ik het vragen. Dan zou ik een drankje voor hem bestellen, dat hij niet zou opdrinken, en ik zou het aan hem vragen. Ik fantaseer nog wel eens dat ik hem op straat tegenkom, dat we elkaar passeren als oude studievrienden die dan ineens schreeuwen: 'Verrek, jij bent het, hoe gaat het met je?'

en die elkaar omhelzen en een tijdje met elkaar staan te praten.

Soms neemt hij me in de maling, dan verschijnt hij in mijn fantasie ineens met het gezicht van KC, of in Scotts tengere lijf. Dat zet me even op het verkeerde been, tot ik dat pistool in zijn hand zie.

Ik ben altijd blij om hem te zien en elke keer vraag ik: 'Waarom heb je me dat pistool gegeven, man?'

En wiens gezicht of lichaam hij ook heeft, hij geeft altijd hetzelfde antwoord.

'Om je sterk te maken, *Bonita*, om je sterk te maken.'

. . .

Elke ochtend ga ik naar Jay's vechtschool en doe balletoefeningen aan de barre. Hij wil dat ik eerst een douche neem en me tussen mijn benen scheer, ook al vraagt hij me niet eens om het te zien. Als ik uit de douche kom, geeft hij me een gloednieuwe maillot en een T-shirt. Dan gaat hij in de hoek zitten en kijkt toe terwijl ik dans.

Iedereen in de buurt weet dat ik met Jay omga, terwijl Jay nooit iets met meisjes heeft, dus nu krijg ik overal gratis te drinken, mensen trakteren me en de Chinees schept me extra op. De vrienden van Scott zeggen tegen hem dat hij niet goed wijs is en dat hij me moet vragen om bij hem weg te gaan.

'Die kerel kan je zwaar in de vernieling helpen, man, echt ernstig,' waarschuwt Howie.

'Ze zijn gewoon bevriend,' zegt Scott.

'Ja, vast.'

Het kan Jay niks schelen dat ik bij Scott woon, zolang ik maar bij hem kom douchen en mijn oefeningen doe. Hij geeft me geld voor de huur, voor eten en kleren. Soms ben ik blij met het geld en koop er spullen van voor mijn vrienden, of voor mensen die ik niet ken. En dan zie ik Scotts mooie bleke gezicht verdrietig staan en schaam ik me. Ik loop naar hem toe en geef hem een knuffel, en dat betekent: Dank je wel. Bedankt dat je me nooit vraagt hoe ik aan mijn geld kom.

Ik lig op de mat in de vechtschool en voor het eerst kust Jay me, op mijn borsten, door de stof heen.

'Ik wil dat je afkickt,' zegt hij, en hij gaat rechtop zitten. Verder is hij nooit gegaan. 'Je wordt zo mager dat ik me zorgen begin te maken.' Buiten op de stoep zitten twee jongetjes te ginnegappen.

'De jongens in de buurt mogen jou niks meer verkopen,' zegt hij.

'Dat is een geintje.' Ik kom overeind, verstijfd.

'Ik maak nooit geintjes.'

Dat is zo. Het is griezelig, ik wil niet dat Jay mijn leven gaat regelen.

'Ze verkopen niks meer aan jouw vriendje of andere vrienden van je.'

Ik knipper even met mijn ogen als hij het over Scott heeft.

'Luister,' zegt hij en hij pakt mijn arm vast. 'Ik wil dat je afkickt en hier weggaat. Naar een betere buurt, weg uit deze klerezooi. Ik geef je wel geld.'

'Ga jij mee?' vraag ik.

'Ik red me hier wel. Dit is mijn terrein.'

Ik blijf drie dagen weg en Jimmy roostert me weer in bij Gordon's. Binnen een uur verschijnt Jay daar. Ik zie dat Giannis hem kent en bang voor hem is. Jay gaat zitten en wenkt dat ik moet komen. Even mijn set afmaken, gebaar ik terug.

'Ga zitten,' zegt hij.

Ik ga zitten en zwijg.

'Ik haat dit,' zegt hij.

'Het is maar geld.'

'Ik geef je wel geld.' Hij ziet er gespannen uit.

'Gaat alles goed?' Ik leg mijn hand op zijn arm.

'Prima. Gewoon de dagelijkse ellende. Ik maakte me zorgen om jou.'

We zwijgen tot de Turkse serveerster, Ester, hem een spatje brengt. Ze heeft haar tot op haar kont, ze denkt dat dat mooi is.

Terwijl ze wegloopt, fluistert Jay: 'Ik wed dat er soms stront aan blijft zitten.'

'Jij bent echt gestoord,' lach ik.

'Het wordt tijd dat je weggaat,' zegt hij. 'En afkickt. Je komt hier niet meer dansen.'

Onderweg naar huis rook ik een joint. Ik loop de trap op. Bovenaan zit het jongetje dat bij Ace woont.

'Hoi,' zeg ik.

'Hoi,' zegt hij.

Scott en Ace zitten te chinezen. Ze moeten wel, zegt Scott. Het is zonde van het spul, maar op straat konden ze nergens een spuit krijgen. Ik heb even geen zin in die grijns van Ace. Scott denkt dat Ace zijn vriend is, maar hij heeft onze draagbare cd-speler gejat en ik heb het hart niet om dat aan Scott te vertellen. Telkens als hij bij ons op bezoek is, heb ik zin om hem een lel te verkopen.

'Nog leuke cd's gehoord de laatste tijd?' vraag ik, om die grijns van zijn gezicht te vegen. Dat werkt.

'Er ligt post op de koelkast,' zegt Scott. 'Van thuis.'

Het is een telegram. Ik weet zeker dat het slecht nieuws is en ik wil nu geen slecht nieuws. Ik ben stoned en het is een goeie roes, wie weet wanneer ik die nog eens krijg, die wil ik nu niet bederven. Ik loop het appartement uit en ga naast mijn buurjongetje op de trap zitten.

'Hoi,' zeg ik.

Ditmaal negeert hij me.

'Waar is je hond?'

'Op het balkon,' zegt hij. 'Hij mag van Ace niet binnen als mama klanten heeft, omdat hij anders op het kleed plast zonder dat iemand het ziet.'

'Is Ace je vader?'

'Nee.' Hij gaat rechtop zitten. 'Mijn vader is soldaat.'

'Ik hou van soldaten,' zeg ik.

'Ik ook.'

'Heeft ze nu ook een klant?' vraag ik.

'M-hm.'

'Ga je mee naar beneden om een ijsje te halen?'

'Ik moet hier blijven zitten.'

'Dan haal ik er wel eentje. Welke vind je lekker?'

'Weet ik niet. Ace wil niet dat mama ijs voor me koopt. Hij zegt dat het slecht is voor mijn tanden en hij wil geen fortuin uitgeven aan tanden die er binnenkort toch uitvallen.'

'Ik zoek wel iets lekkers uit. Ace kan de klere krijgen,' zeg ik. Zijn ogen worden groot van schrik.

'Wees maar niet bang, ik kan dat wel zeggen. Aan mij hebben ze een kwaaie.'

Ik loop de trap af, stop halverwege nog even en draai me om.

'Hoe heet je?'

'Alfred.'

'Ik ben Sasja.'

Als ik terugkom, zit Alfred er niet meer, maar zijn plekje is nog warm. Ik ga zitten en eet zijn ijsje op. Dan gaat de deur van ons appartement open en komt Ace breed grijnzend naar buiten.

'Prachtig gezicht, zoals jij daar dat ijsje zit te eten,' zegt hij.

Ik zeg niks en loop naar binnen, langs Scott, langs de heroïne op tafel en langs het telegram op de koelkast.

. . .

Ik vergeet bijna nooit iets. Zeker geen woorden. Waarom kan ik me de tekst van dat telegram dan niet herinneren? Ik herinner me wel de brandende pijn in mijn borst, maar niet de woorden. Ik herinner me de envelop. Die was wit en gekreukt, met vlekken van Scotts zweterige hand. Ik scheurde de zijkant open. Het poststempel was van Livno, waar moeder had gewoond. Tante Dika moest kilometers naar het postkantoor zijn gelopen. Het papier in de envelop was blauw.

Juma had zelfmoord gepleegd. Toen haar enige vriend Caleb was verhuisd, raakte ze geobsedeerd door spiegels en op een ochtend vonden ze haar met doorgesneden hals naast een gebroken spiegel. Net als haar geboorte was haar dood met wonderen omgeven. Er kwam geen bloed meer uit haar hals en aan het glas zat ook weinig bloed. Ik weet nog hoe beverig het handschrift van tante Dika was. Inktvlekken. Haar hand moet getrild hebben. Misschien terwijl ze zat te denken hoe ze het moest formuleren, of terwijl ze met de vrouw van het post-kantoor zat te praten en haar om extra papier vroeg.

Misschien had Juma mij wel gemist. Misschien was ze ver-geten dat ik ook was vertrokken en misschien liep ze wel als een geestverschijning door het huis te spoken, zocht ze mij ach-ter de standbeelden en de schilderijen, in haar lievelingsspie-gel.

Ik weet nog dat de pijn die ik voelde, heel diep was. En ik weet ook dat ik hen vervolgens jarenlang niet heb gebeld. Wat zou dat hebben uitgemaakt?

Ik zit de hele avond thuis met het pistool. Ik rits mijn broek open en leg het tegen mijn onderbuik tot het warm is en niet meer zo akelig koud aanvoelt. Dan stop ik de loop in mijn mond. Hij smaakt bitter en brandt aan de zijkant van mijn tong.

Ik blijf de hele nacht op en het laatste zakje heroïne roept me, maar ik drink en drink tot ik moet overgeven. Met een maag die ineenkrimpt van misselijkheid spoel ik het zakje door de plee om te voorkomen dat ik het opsnuif. Ik heb er meteen spijt van en probeer het nog te pakken, maar het is al weg. Ik denk even dat dit een teken is dat ik er voorgoed mee moet kappen, maar dan vervloek ik mezelf en mijn stomme hersen-spinsels. Voortekenen bestaan niet. En dan drink ik nog wat en begint de kamer minder te tollen, nu springt hij op en neer, net als mijn middenrif, en daar komt nog een beetje zoetzure kip van gisteren omhoog.

Scott vindt me bewusteloos in de gang met het pistool in mijn broek. Ik weet niet meer hoe ik daar terecht ben gekomen en hij zegt een tijdje niks. Hij ploft gewoon neer op de bank.

'Iedereen zegt dat je met hem neukt,' zegt hij.

'O ja? Nou, dat is niet zo.'

'Zal ik iets proberen te scoren in Orchard Street?' vraagt hij.

'Ik ga er een tijdje mee kappen.'

'Ga je bij me weg?' vraagt hij.

'Ik weet het niet.'

'Godverdomme!'

Hij pakt zijn jasje en loopt het huis uit. Ik voel geen aan-
vechting om hem tegen te houden.

Ik loop het appartement uit en klop zo hard mogelijk bij Ace
op de deur. Ik hoop dat hij alleen thuis is.
   Hij doet open.
   'Wie is er bij je?' vraag ik.
   'Noppes. Ze is niet thuis.'
   'En Alfred?'
   'Die slaapt beneden.'
   'Mag ik binnenkomen?'
   'Ik wist dat je vroeg of laat zou komen,' zegt hij en hij doet
de deur dicht.

· · ·

Ik loog niet toen ik tegen Scott zei dat ik niet wist of ik zou
weggaan. Ik wist het gewoon nog niet zeker. Maar ik wist dat
ik niet meer terug kon keren naar Scott toen Ace van me af
rolde en zei: 'Jij zou elke cent waard zijn, meid.'
   Ik trok mijn kleren aan, aaide het hondje even en ging terug
naar mijn appartement.
   Er waren nog maar een paar uur over van die nacht en die
heb ik alleen doorgebracht, drinkend. Ik herinner me er hooguit een kwartier van. Ik probeerde een pen op tafel te laten tollen, maar hij viel er steeds vanaf. Het was een pen die Scott had
meegebracht van zijn werk en die we zouden gebruiken om onze cheques mee te schrijven zodra we een bankrekening hadden. Ik weet nog dat het voelde alsof ik moest overgeven, elke
keer als mijn hoofd omlaag ging als ik die pen wilde oprapen.
   Ik weet nog dat ik mijn handen vouwde en ernaar keek. Door
de drugs was mijn lijf een paar maten geslonken, zodat mijn
vingers langer leken, ranke lijnen die me aan moeder deden
denken. Daar was ik trots op.
   Ik weet niet meer of Scott die nacht nog is thuisgekomen.

· · ·

De volgende dag eet ik een bagel en wat yoghurt. Dan koop ik een krant bij de kruidenier en lees de woningadvertenties. Een Franse vrouw zoekt een huisgenoot in Dyckman Street, helemaal bij 200th Street. Ver genoeg, denk ik en ik neem de metro.

Het is begin oktober en buiten in 200th Street krioelt het van de mensen, als zaadjes in een watermeloen. Overal om me heen Spaanse mannen en vrouwen. Ik bel aan. Het is al bijna donker en ik krijg last van ontwenningsverschijnselen, dus ik neem snel een teug uit mijn flacon Jägermeister. Het duurt heel lang voor de vrouw opendoet en als het eindelijk zover is, weet ze niet meer dat we elkaar al aan de telefoon hebben gesproken.

Ze heeft last van haar heup. Dysplasie, legt ze uit, maar een operatie is tegen haar geloof, dus bestrijdt ze de pijn met meditatie. Haar flat heeft maar één slaapkamer en voor 215 dollar mag ik die hebben, als ik wil.

Dat wil ik.

Zij en haar dochter slapen dan wel op de slaapbank in de woonkamer tot ze iets anders verzint. Ik mag in het bed slapen. De vrouw, Bobbie noemt ze zichzelf, heeft het grootste deel van haar leven in Frankrijk gewoond, ze heeft haar man verloren bij een of ander ongeluk en nu spreekt ze nog Frans met haar dochter, opdat die niet vergeet waar ze vandaan komt. Ik zie dat het meisje haar nu al haat, maar ze is nog niet oud genoeg om het zelf te beseffen.

'Wat brengt jou helemaal in dit deel van de stad?' vraagt ze.

'Slechte buurt,' zeg ik.

'East Village?' vraagt ze. Zo te zien weet ze wel wat dat betekent.

'M-hm.'

'Waar kom je vandaan?'

'Van ver.'

'Het is zwaar,' zegt ze. 'Om ver van huis te zijn.'

Ze ziet er ineens aardiger uit. Het meisje is ook wat meer op haar gemak en kijkt me aan. Bij deze mensen red ik me wel.

Buiten schalt uit alle ramen salsamuziek. Mijn toekomstige buren hebben hun luidsprekers in het raam gezet en wedijveren zo met elkaar, krijg ik de indruk. Dit wordt mijn nieuwe straat. Dit zullen de geluiden zijn die ik zal horen. Ik wandel rustig terug naar de metro. Ik stap op een verkreukelde krant met advertenties voor goedkope jassen en een uitverkoop van beddengoed, raap hem op en stop hem in mijn zak. Het zal fijn zijn om wat lakens te hebben.

· · ·

Ik ga naar de Wa Wa Hut voor een laatste borrel. Een lange vent, die ik nog nooit eerder heb gezien, zit aan de andere kant van de bar met een biertje. Megan, de vrouw achter de bar, maakt de toog schoon.

Ik probeer een grapje te maken: 'Wanneer krijgen we hier nou eens olijven en kersen en pinda's?'

Ze kijkt me aan, haar mooie blauwe ogen wazig van de drugs als een bewolkte namiddag, vult een groot cocktailglas tot de rand met tequila en komt het brengen in plaats van het over de bar naar me toe te schuiven.

'Sorry,' zegt ze, 'dat soort dingen hebben we niet.'

Ik maakte maar een grapje. Dat zeg ik ook en ik leg mijn hand op haar arm. 'Sorry.'

Nu kijkt ze nog triester, en zodra mijn glas halfleeg is, schenkt ze bij uit een andere fles.

'Ook van het huis,' fluistert ze. 'Maar uit een andere fles. Ik wil niet dat de baas het merkt.'

'Wat moet ik doen om ook eens zo'n traktatie te krijgen?' vraagt de lange man.

'Doodvallen,' zegt ze tegen hem, en ik geef haar een vette fooi.

Jay is met een paar jongens op zijn school. Ze rennen en stoeien wat. Ik ga niet naar binnen. Ik sta buiten bij het spiegelglas en kijk naar hem. Hij loopt naar het raam en kijkt zo langs me heen. Hij kan me niet zien. Ik klop op het glas ter hoogte van zijn mond.

'Wie is daar?' vraagt hij onverstoorbaar.

'Ik.'

Hij komt naar buiten. Ik blijf staan en hij loopt op me af tot we elkaar in de ogen kijken. Hij weet het. Ik weet het. Hij knikt en legt zijn rechterhand op zijn hart. Ik geef hem zijn pistool terug.

'Het ga je goed, *Bonita*,' zegt hij. 'Ik ben trots op je.'

'Pas goed op mijn Scott.'

'Dat wil hij niet,' zegt hij, en hij geeft me een dik pak bankbiljetten.

'Zorg toch maar voor hem.'

. . .

Scott ligt te slapen als ik thuiskom. Zijn haar ruikt naar zoete rook of een lichtgeroosterde vijg, warm en sappig. Ik wil hem aanraken, fluisteren: 'Ik hou van je, lieverd, ik zal altijd van je houden, lieverd', maar ik ben bang dat hij wakker wordt. Wat moet ik hem vertellen? Dat ik een vreselijke lafbek ben die er met de staart tussen de benen vandoor gaat?

Hij draait zich op zijn rug en er druppelt een beetje traanvocht over zijn wang. Het shirt dat hij draagt hebben we samen op straat gekocht en ik heb het vaak gewassen. Ik stop alleen mijn leren jas en wat kleren in het kleine tasje, en mijn lievelings-cd. Ik heb nooit een goede muzikale smaak ontwikkeld. Ik hou gewoon van mooie liedjes. Scott is mooi. Ik laat de cd van Public Enemy achter op de stereo, met tweehonderd dollar. Ik hoop dat hij het geld gebruikt om de huur te betalen en dat hij mij niet te veel zal missen.

Alfred zit weer boven aan de trap.

'De hond is ziek,' zegt hij.

Ik loop hun appartement in. Ace is stoned, zijn hoofd ligt op zijn borst. Ik sluip zachtjes achter hem langs. In de badkamer klinkt gestommel. Als ik de deur opendoe, rent de hond tussen mijn benen door naar buiten.

Ik moet aan oma denken, die een bloedhekel had aan kleine hondjes. Waardeloze ratten noemde zij het nest jonge pups dat wij een keer hadden. Ksst, ksst, riep ze altijd als ze eraan kwam, en in hun haast om weg te komen struikelden de puppy's dan over hun kleine pootjes, hun buik dik van de wormen, de kippenstront die ze aten en het natte brood dat we hun voerden.

Ik til het arme vieze mormel op en ren naar beneden.

'Stil maar, stil,' zeg ik tegen hem. 'We gaan hier weg.'

Buiten staat een wagen van Verhuizingen Moishe klem achter een andere auto. Ik zie het vermoeide gezicht van de bestuurder, uitgeput van het sjouwen met de bezittingen van een ander, van mensen die genoeg spullen hebben om een vrachtwagen te vullen. Het warme pakketje, dat nu van mij is, piept onder mijn trui en ik ben blij dat ik straks niet alleen hoef te slapen.

Mijn nieuwe bed is groot, oneffen, eenzaam. Moishe – zo heb ik hem tijdens de metrorit gedoopt – ligt te slapen aan mijn voeten. Ik heb wat melk en ham voor hem gekocht. Buiten hoor ik mensen schreeuwen en ruziemaken, '*maricón, pendejo*', en ik moet denken aan Cuba, aan Lupe en Benya, en ik vraag me af wat Roderigo vanavond doet, of Gordana ooit met een rijke man is getrouwd, of Dika nog steeds een glaasje brandewijn bij het ontbijt drinkt onder het mom dat dat voor haar gezondheid is. Ik vraag me af of er nog steeds zo goed wordt gevoetbald als in de gouden jaren, en of vader nu slaapt of dat hij zit te lezen.

Ik hoop dat Alfred naar school gaat, dat Heather afkickt en dat Sally tevreden is met de vrouw die ze is geworden. Mijn maag vraagt grommend om drugs. Ik geef hem drie grote slokken Jägermeister en een dubbele dosis hoestsiroop, en blijf stil liggen terwijl de warme gloed van de drank mijn behoefte aan heroïne als een koude rimpeling over mijn huid jaagt. De hond kruipt verder het bed op, komt dichter bij me liggen, ik hoor hem rustig ademhalen.

'Maak je geen zorgen,' fluister ik in zijn oortje.

Als een wekker jankt buiten een politiesirene. Ik hoop dat Scott op tijd op zijn werk is. In de haast ben ik vergeten om zijn wekker te zetten.